お手伝いさん みち

お婆の囲炉裏ばなし　第四編　全30話

平居一郎　著

もくじ

※本文中、現在では不適切とされる文言や、史実と異なる描写もありますが、本書の趣旨を鑑みそのままとしました。なお、方言をわかりやすくするため、例えば「捨《ふ》てる」「帰《い》ぬ」など作者の判断で、従来の読みとルビがちがう場合があります。また、古文書や、他の書籍等から、そのまま文を引用した場合は、原文どおりでルビや句読点がない場合があります。

（編集部）

れんじ窓《まど》の外は雪《ゆき》。

「うう、さぶッ！」

「もうちょっと、こっちゃへございい。のくといほん。

今日もおもしろーい、ハナシをしたるさかいに、

よーお、聞かいや」

イロリ端《ばた》、お婆《ばあ》とイチロー。

お婆はかたり始めた。

「むかーし、むかーしな…」

イチローは、目を輝《かがや》かせてお婆の話にくいいった。

泡子弘法

むかし、中山道の武佐宿《むさじゅく》[注1]に村井藤齊《むらいとうさい》という男が営む一軒の茶屋があった。藤齊には歳のころは十七、八、それはそれは美しい妹がいた。だれからも「蝶よ、花よ」ともてはやされる、茶屋の看板《かんばん》ムスメだった。

「どうぞ、休憩《いっぷく》していっとくれやす」

看板ムスメは往来にまで出て、旅の客を誘っている。

そこへ、ひとりの旅僧《たびそう》が通りかかった。

「さーさ、どうぞ、こちらへ」

ムスメに案内された旅僧は錫杖《しゃくじょう》を置き、深笠《ふかがさ》をとって床机《しょうぎ》に腰をおろした。

ムスメが床机に茶を運んできて、

「お疲れでございましょう。どちらへの旅でございますか」

と尋ねた。

旅僧は、足に食い込んだ草鞋《わらじ》の紐《ひも》を解きながら、

「湖東の村々を巡錫《じゅんしゃく》している途中です」

と答えて顔をあげた。

ムスメと目があった。読経《どきょう》で鍛えあげたのだろう、胸のうちまでしみいるような堅固《けんご》でおおきな声、眉《まゆ》は濃く、涼しく澄んだ瞳《ひとみ》から慈悲《じひ》の光が放たれている。日焼けした体躯《たいく》の膂力《りょりょく》は凄《すさ》まじく、旅僧とは思えぬほど、男の魅力がはじけている。

ムスメの胸奥《きょうおう》が、どくどくと高鳴った。ムスメは顔を赤らめ、その場に立ち竦《すく》んだ。

「こんなにも男気《おとこぎ》のある僧が、この世にいようとは……」

たちまち、ムスメは僧に一目《ひとめ》惚《ぼ》れしてしまった。


それから三年がたった晩秋のある日のこと。

再び、かの旅僧が武佐宿を通りかかった。すると、街道沿いの橋川《はしかわ》で、女が大根を洗っていた。その背にぼさされた（おんぶされた）赤子《あかご》が、ぎゃぁ、ぎゃぁ、と泣いている。常《つね》ならば、「おう、赤子がぐずっているな」で通り過ぎるとこ

ろだが、なんとなく、その声が自分を呼んでいるように思えてならない。そればかりか、仏に捧《ささ》げる経文に聞こえるではないか。

「おう、なんと不思議なことよ」

ちと尋ねてみよう――

「もーし、そこのお女中《ひと》よ」

旅僧は女に声をかけた。

「わたしでしょうか？」

女が川戸《かわと》から声のする方に目を向けた。

「あっ！　も、もしや、あの時の……、お坊さまではありませぬか」

すっくと立ちあがった女の顔がパッと、はなやいだ。

「おお、そなたか！　しばらくであった」

三年前に茶店で接待を受けたあの看板ムスメであった。

だが、ちと気にかかるのは背にぼされた赤子である。

「して、その背の赤子《やや》はそなたの、お子か？」

女は顔を赤らめ、恥じらいぎみにうなずいた。

「その赤子《こ》の泣き声が仏に捧げる経文に聞こえてならなかったので、つい、つい、声をおかけもうした」

「そうでございましたか、実は……」

と、女は不思議な縁《えにし》を語りはじめた。

「恥《は》ずかしながらあの日、お坊さまのお姿をひとめ見て、わたしは恋《いとお》しくなってしまいました。お茶を飲まれて、お立ち去りになられたあと、後始末《あとしまつ》をしておりますと、飲み残しのお茶がありましたので、まことにはしたないことではございますが、お坊さまのお姿をおもい浮かべつつ、残り茶の泡《あわ》までいただきました。ところが、どうしたことかその日から、わたしのお腹がだんだんと大きくなってくるではありませんか。やがて十月《とつき》と十日《とおか》が過ぎましたころに産気《さんけ》づき、生まれましたのが、この赤子でございます」

女は赤子の顔を、旅僧に向けた。

「そうであったか、拙僧《せっそう》の飲み残した茶の泡で赤子ができるとは、まことに不《ふ》可思議《かしぎ》なことよ。して、その茶の水は、どこから汲《く》まれましたか」

女は、西の方《かた》の清水《しみず》の湧き出す、池を指さした。

「あの井からでございます」

古《いにしえ》より、村ではそこを「阿礼井《あらい》」と呼んでいた。

旅僧は、とつぜん女のそばにより、大きく息をすいこむと、ふっー、と背の赤子に息を吹きかけた。すると、赤子は、みるみる泡に変じて消えうせた。

「ああー、赤子が！　なぜ、このようなことを、なされますするか！」

女は叫んで、地団駄《じたんだ》を踏んだ。

「茶の泡で宿れる赤子《こ》はまさに、お地蔵さまの化身《かわりみ》です。あの井に、お地蔵さまが沈んでおられます。引き上げて、この赤子《やや》の菩提《ぼだい》を祈ってくだされ。なれば、やがてまことの赤子に恵まれることでしょう」

そう言って、旅僧は念佛を唱えて、立ち去った。

その後《のち》、池から地蔵尊が引き上げられた。地蔵尊は「泡子地蔵」と名づけられ、池は「生来《しょうらい》」と呼びかえられた。現在、この村の名を、「西生来」というが、その村名の由来でもある。泡子地蔵は今、この村の西福寺《さいふくじ》の地蔵堂に祀られている。

この話に登場する旅僧は、「弘法大師《こうぼうだいし》さんやった」とも言われている。

これに似た話が醒《さめ》ヶ井《い》宿にも残っている。

全国行脚《あんぎゃ》の西行法師《さいぎょうほうし》が醒ヶ井宿の茶屋に立ち寄られた。

西行は、ハッと目をひくほどの美僧である。

その茶屋の看板娘《ムスメ》が西行に一目《ひとめ》ぼれしてしまった。西行が立ち去った後、その姿を心に描きながら呑み残しの茶の泡を飲んだ。すると腹がふくらんで子ができた。子は「泡子」と呼ばれ、大事に育てられた。

三年後、再び、ここに立ち寄った西行法師がこの話を聞き、

「一滴の茶の泡が変じて、子になるとは……、なれば元の泡にもなろう」と、

〝水上は
清き流れの醒《さめ》ヶ井《い》に
浮世の垢《あか》とすすぎてやまん〟

と詠《えい》ぜられた。

すると、泡子は、たちまち泡となって消えうせた。

今に醒ヶ井宿に「西行水」や「泡子塚」、「五輪塔《ごりんとう》」が残っている。五輪塔には仁安《にんあん》三年（一一六八）と銘刻《めいこく》されている。

このような伝承話は各地に残るが、その話の裏には、身分の高い男と下賤《ひくい》女《おんな》の間にできた子をまびいた（殺して処分する）という悲しい事実が沈んでおり、

その忌《い》む行為を弘法大師や西行法師に託《たく》し、美化して伝えたものだとも言われている。まさに、これに利用された高僧こそ、はた迷惑なハナシである。

また、武佐宿を通る街道の呼び名が、正徳《しょうとく》六年(一七一六)に中山道に統一されているぐらいなので、この話の時代背景をなす弘法大師の頃に、「武佐宿」という宿場名や旅人をもてなす「茶屋」、その接待飲料として描かれる「お茶」や、看板ムスメなどがあったかどうかは、はなはだ疑問である。時代の変遷《へんせん》とともに色付けされた名称や小道具だ、と思われる。

注1・武佐宿

北は中山道の愛知川宿、南は守山宿へと続く。東は八日市から永源寺を経て三重県へ通ずる八風街道の起点として、西は豊臣秀次が開いた八幡道への分岐点として栄えた。江戸時代の「宿村大概帳」によれば、宿高八百九十余石、町並み八町二十四間(九〇〇メートルほど)、人口五三七人、家数一八三軒、本陣・脇本陣各一軒、旅篭屋二十三軒あったとされている。

お雪さんかいな

東近江大覚寺村《だいかくじ》に紋太郎《もんたろう》と伝吉《でんきち》という、若者がいた。

ふたりは小さいときから、家が隣同士《となりどうし》ということもあって、

「おーい、兄弟《きょうだい》!」

「なんやい、兄弟!」

と互いに呼び合い、大へん仲がよかった。

やがて、ふたりは成人《せいじん》し、

「柴刈《しばか》りに行くが」

と一方が言えば、

「わしも一緒や」

ふたりは肩を並べて山へ柴刈りに行く。仕事も、遊びに行くにも、いつも一緒だった。

あるとき、八日市《ようかいち》で市がたった。二五八市《にごはちいち》注1である。

「おい、兄弟！　わし等《ら》、もう立派な大人や。タボコ（たばこ）も吸えるし、酒も飲める。八日市で別嬪《べっぴん》さん相手に一杯やらんかい」

どちらからともなく声をかけあい、八日市へ向かった。

御代参街道《ごだいさんかいどう》注2から市道《いちみち》（商店街）に入ると、たいへんな賑わいである。その中を向こうから、ふたり連れの娘が来る。

「ちょいと、さかろうて（ふざけて）みよまいかい」

紋太郎と伝吉はすれ違いざま、ふたりの娘のお尻を、ぺん、と撫《な》でた。

「きゃッー」

ふたりの娘は悲鳴をあげて逃げていく。紋太郎と伝吉は、ピュー、ピューと指笛《ゆびぶえ》を吹いて笑いをとばした。

しばらくいくと、路地の入り口に居酒屋《いざかや》がある。

その店先で、看板娘《かんばんむすめ》らしい若い女が笑顔を咲かせて、客を呼びこんでいる。

ふたりは、その女と目があった。

「寄《よ》ってって、一杯どないです」

女が艶《いろ》っぽいウインクをして近寄ってきた。

「おう、別嬪さんや。ちょいと、寄ってくか」

「ほうしよう」

ふたりは看板娘に一目ぼれ。女に袖《そで》を引かれて、店の小さな長床几《ながしょうぎ》にふたりが座ると、女は熱燗《あつかん》をさげてよってきた。

「すんまへん。ちょっと、間《あいだ》に入《は》いらいせや」

肉づきのよい尻をふたりの間にもぐらせて、

「はい、どうぞ」

ながし目で、ふたりの猪口《ちょこ》に酒を盛る。

こうして、しばらく飲んでいると、女がいきなり両手の白い指先で、両脇のふたりのヒザをチョン、チョンとした。

「おい、おい！　何《なん》するんやい。ヘンな気分《きい》になるがな」

と紋太郎がいえば、

「ほんまや」

と、伝吉も復唱《ふくしょう》する。

「ふ、ふ、ふっ、あんたらほんまに、ウブなひとらやねェ」

女は、そういいながら、スーと、ふたりの股間《こかん》に手をもぐらせた。

「あら！　おふたりさんとも、スリコギみたいに硬《か》とうして……」

「ヘッ、ヘーッ、恥ずかしいハナシやけんど、いまだに女を知らんのや」

「ほんまかいな！　ほんなら、このアカミチのさきが新地《しんち》（八日市遊郭）やさかいに、きれいな娼妓《ねえ》さんに、あんじょう教えてもらわはったらエエわ」

「ほら、エエこと聞いた」

ふたりは顔を見合わせて、

「勘定《かんじょう》や！」

お愛想のうえに、女に心づけ（チップ）を握らせて、タタッ、と居酒屋をとびだした。アカミチから新地にはいると、紅柄格子《べんがらごうし》の廓《くるわ》屋が軒《のき》をならべている。

「おふたりさん。エエ娼妓《こ》がいまっせ。寄ってってって」

やり手婆《てばばあ》が手まねいた。

ほんまかいなと、「神崎楼《かんざきろう》」と白染《しろぞめ》された定紋《じょうもん》の薄紺暖簾《うすこんのれん》をめくって中を覗くと、娼妓《おんな》がふたり、笑顔を咲かせてウインクした。

「気に入った。みぎ、右の娼妓《こ》や」

紋太郎が素《す》っ頓狂《とんきょう》な大声を上げた。すると伝吉が、

「ひだり、左や」

と叫ぶ。

「兄弟とわしの好みがはじめてちごうた。同《おんな》いやったらドモならん」

「よかったなー」

ふたりはそう言いあって、オトコシの案内で足取り軽くトントンと、二階にあがり、それぞれの娼妓《おんな》の部屋にはいった。

やがて一香《いっこう》がすぎた。一香とは「一本の線香が燃え尽きるまで」と決まった遊興時間のことである。「一花《ひとばな》」ともいわれていた。

紋太郎は手馴《てな》れた娼妓に導かれて、男になって階下《した》に降りてきた。

「いまごろ兄弟も、りっぱな男にしてもろうたにちがいない」

ほくそ笑みながら伝吉を待った。ところが、伝吉は一向に降りてこない。やがてオトコシから、「もう一香、買われます」という言伝《ことづて》が届いた。

「ご執心《しゅうしん》なことや」

紋太郎は奥の待合室で猪口《ちょこ》を傾けながら伝吉を待った。

伝吉の相手をした娼妓《こ》は、「お雪」といった。

「ほんまにエエ女や。わしはあいつに惚《ほ》れてしもうた」

それからというもの伝吉は、お雪のもとに通い詰めるようになった。

ところがある日、お雪が新地から姿を消した。

「どこへ、お雪は行ったのやい……」

伝吉が楼主にいくら尋ねても、行方をはなしてはくれない。やがてお雪は、「労咳《ろうがい》(結核)で奥の座敷牢《ざしきろう》のような所に隔離《かくり》されている」という噂がたった。

それを知った紋太郎は気が気でない。

「おい兄弟。おまい、お雪にぞっこんやったが、ビョウキ、うつっとらへんやろうな」

と、尋ねると、

「お雪の病《やまい》やったら、喜んでうつってやってもエエわい。けへへー」

伝吉は笑いとばす。

「アホ! 冗談《じょうだん》も、エエかげんにしとけッ」

紋太郎は伝吉を叱りつけた。

それからしばらくすると、その冗談が真実になった。

伝吉はあやしいセキをするようになり、半年ほどたったある日のこと、大量の血を吐いて、ポックリと死んでしまった。

伝吉が死んで四十九日目、忌明《きあ》けの夜。紋太郎の夢枕に伝吉がでてきた。

「わしは兄弟をほったらかして、先に死んでしもうた。でもなぁ、もういっぺん、人間に生まれ変わって、おまいといっしょに働き、話もしたい。ところが情けないことにヘビに生まれかわってしもうたのや。ヘビではハナシにならん。ほんで（それで）、もういっぺん人間に生まれ変わりたいのや。ほんでなぁ、頼みがある。明日《あいさ》の朝、お寺の門前にいるさかいに、バーンときつう蹴《け》るか、ぐちゃっと踏んづけて、殺いせ（殺して）くれや。頼むで」

と告げて、スーと姿を消した。

翌朝、

「日ごろから兄弟の事ばかりを思うているさかい、昨夜《よんべ》は変《けったい》な夢を見てしもうた。人間は死んだらおしまいや。生まれ変わるなんて、出来《でけ》るはずはないがな。いまごろ兄弟は三途《さんず》の川を渡って、極楽《ごくらく》へ行っとるにちがいない。ほやけんど、どうも夢見《ゆめみ》が気になる。さっそくお寺で冥福《めいふく》を祈ってやろう」

紋太郎は寺へ足を向けた。寺の門前まで来ると足元で、小筆《こふで》ほどの細長くて黒いモノがくねっている。

「おっと！　何《なん》やろうと思うたら、どえらい可愛らしいヘビや。もうちょっとで踏むとこやった。うむ?……ちょっと待てよ。まさか?」

昨夜、ヘビに生まれ変わった伝吉に「殺してくれや」と頼まれた夢が、紋太郎の頭を過《よ》ぎったが、

「ハハハ、あほな。ほんなこと、あろうはずがないわい」

と否定しながら、

「こんな場所《とこ》にいたら、踏まれるほん。あっちゃへいかい。ホレ、ホレ」

草叢《くさむら》へ追い立てたが、ヘビは去ろうとしない。

「しょがないヤツや」

紋太郎は指先で、ヘビをつまんで草叢に放し、

「これで安心や、お参りしてこよう」

と、本堂に向かった。

ところが、伝吉の冥福祈願をおえて帰り際、紋太郎が山門をひょいとくぐったそのとたん、ぐちゃッ、と何やらやわらかいものを踏んづけてしまった。

「おっ、とッ!」

踏んだ足を引き戻して、足元をよく見ると、先ほどのヘビが、そこにつぶれているではないか!

「うへッ、えらい殺生《せっしょう》をしてしもうた。こんなことになったらあかんと思うて、さっき草叢に入れてやったのに……。赦《こら》いてくだいね。ナンマイダブ、南無阿《なんま》弥陀仏《いだぶつ》」

紋太郎は念仏を唱えながら、境内の草叢にヘビの遺骸《いがい》を埋《う》めてやった。

それから五十日が過ぎた、ある夜のこと。また伝吉が夢枕にあらわれた。

「こないだは、ヘビに生まれ変わったわしを殺いせ（殺して）くれて、ほんまにすまんことやった。ところが、今度ばかりは人間に生まれ変わると思うていたら情けないことに、ネコや。ネコでは、一緒に話すことも、仕事をすることもでけんが。ほやから、もういっぺん殺いせくれ。どうしても人間に生まれ変わりたいのや。明日《あいさ》の朝、寺の門前にいるので、棒でたたき殺いせくれや。くれぐれもたのむで」

と伝吉は告げて、スーと消えた。

「うへッ！　ヘビのときは変《けったい》な夢やと思うていたが、こうも再々、同《おん》いような夢を見るとはなー。兄弟の霊魂《れいこん》が、どうしても人間に生まれ変わりたいと訴えているのやろう。殺生をしとうはないけんど、兄弟のたのみや。わかった、わかった。殺してやろう……。ネコやなぁ」

そして、翌朝、

「棒でたたけと言うとったが、天秤棒《てんびんぼう》にしようか、ほれともシンバリ棒がエエやろうか？　いやいや、子猫の一匹ぐらい、これで十分《じゅうぶん》や」

紋太郎はカマドの火吹き竹を携《たずさ》えて寺にいそいだ。

寺の門前にくると、白い子ネコが、ヨチヨチ歩きで、紋太郎に近づいてきた。

「うっひゃー、えらいかわいらしい子ネコや。なぁ、おまいはほんまに兄弟やろうな。たたき殺してエエんやな、ほんまにエエんやな」

紋太郎はどうにか自分を納得させ、火吹き竹を子猫に向けて振りあげた。その時だ。ネコのつぶらな瞳と目が合った。

「うわー、兄弟！　せっしょうやでェ。こらあかんわ……」

子ネコの姿は、ほんに愛《あい》らしい。

「このネコが兄弟やったらなおのことや。とてもやないけんど、わしには殺せん。連れていんで(帰って)、大事に育ててやろう」

心に誓って紋太郎が子ネコを抱こうと手を伸ばした、そのとたん、大イタチが門のカゲから飛び出てきた。いきなりイタチは子ネコに飛びついた。

驚いたのは、紋太郎。とっさに火吹き竹を振りあげて、イタチをめがけて殴

りつけた。ところが、慌てていたのか手元が狂い、子ネコの頭を〝ガツーン〟と叩いてしまった。

「きゅーん」、子ネコが断末魔《だんまつま》のコエをあげた。

「どえらいことをしてしもうた。許《こら》いてくだいね」

子ネコは三度ばかり体を痙攣《けいれん》させると動かなくなってしまった。


それから、十ヶ月が過ぎた。

「明日《あいさ》はお多賀《たが》さんの大祭《おおまつり》や。いつもは兄弟と一緒やったが、今年はわしひとりで寂しいことや。帰《もん》りしな、兄弟《あいつ》の大好きな糸切餅《いときりもち》[注3]を買《こ》うてきて、仏前にお供《そな》えしてやろう」

と、その夜、出かける準備をすませ、床に入ってウトウトしかけた時、また も夢枕に伝吉が現れた。

「おい兄弟《きょうだい》！　いろいろムリを頼んで、ほんまにすまんことやった。よろこんでくれや。おかげさんでやっと、人間に生まれかわれそうや。しかも分限者《ぶげんしゃ》の庄屋《しょうや》や。明日《あいさ》、お多賀さんからの帰《もん》りしな、おまえを呼び止めるさかいに、ぜひ寄ってくれや。ほれまで生まれ出るのを我慢《がまん》して、待っているさかいにな」

伝吉はそう告げて、スー、と消えた。

翌日、紋太郎は、

「ほれにしても、不思議な夢や。ほんまやろうか」

と思いながら、お多賀参りを終え、糸切餅をぶら下げて隣村まで戻ってきた。

すると、庄屋の門前で大勢の村人が、ガヤガヤと騒いでいる。

「どうしましたのや？」

不審に思った紋太郎が、門前にいたひとりの女に尋ねた。

「ながいこと出来《でけ》やはらんかった若奥《わかおく》さんがやっと赤子《やや》に恵《めぐ》まれやはったというのに、どえらい難産《なんざん》で、苦しんでおられるのや。二人も三人もの薬師さんや産婆さんが診《み》てやはるのやけんど、どうにも、こうにもならんらしい。ややの頭がちょこっと見えたーるそうやけんど、ほっから（そこから）がドモならんのやて。朝からほんな状態やから、このままでは母親《おや》も赤子《こ》も危ないらしいわ。だれか助けてくれる人はないもんやろうかと、大騒ぎをしていますのやがな」

女は興奮して一気に話す。

「はは一ん、これや！　兄弟にちがいない。わしが来るのを待っておったのや」

紋太郎は人々を押し分けて産屋《うぶや》の前へとんでいった。産屋の前では庄屋が、青ざめた顔で湯桶を抱えてうろうろしている。

「どなたさんです?」

突然現れた紋太郎に、庄屋は目を丸くした。

「どなたも、こなたもない。兄弟にあいにきたのや」

紋太郎はその場で、両手を丸めてラッパをつくり、それを口元にあて、大声をあげた。

「おーい、兄弟ッ。紋太郎や! ぐずぐずせんと早よ、出てこんかい!」

すると、産屋の中から、「おぎゃ、おぎゃ」と元気な赤子の泣き声がした。

「生まれたようや」

庄屋は湯桶を持って産屋に飛び込んだ。しばらくすると、庄屋が出てきた。

「おかげさんで生まれました。元気な男の子です。どうぞ会ったってもらえんですやろうか」

庄屋の案内で紋太郎が産屋に入ると、すでに赤子は母親の白い胸元に顔を埋め、乳首に喰らいついている。

母親と目が合った。

紋太郎は、ドキッ、とした。その容姿といい、澄んだ瞳といい、思わず、

「お雪さん！」

と叫びそうになった。

その母親は伝吉が惚れぬいた、あの「お雪」にそっくりだった。

「しょうがない兄弟や。生まれ変わっても、お雪さんかいな」

紋太郎は笑みをふくらませて、つぶやいた。

詳しい経緯《いきさつ》をきいた庄屋はもとより、村人みなが紋太郎をとりかこんで、

「まさかほんな（そんな）夢のようなハナシが正夢《まさゆめ》になるやなんて」

「ほんまに夢のようなハナシや」

と、大喜びした。

その後、この赤子と紋太郎は年齢《とし》のちがいをこえて、

「おーい、兄弟！」

「なんやい、兄弟！」

と互いに呼び合って、いつまでも仲良くつきあったという。

注1・二五八市

その発祥は「八日市」の名前の通り市場町として聖徳太子の時代からおこり、二日、

五日、八日ごとに市場が開かれたことから「二五八市」とも言われた。また方言辞典の「二五八にする（いいかげん）」という言葉の発祥の地でもある。

注2・御代参街道

江戸時代に整備された東海道土山宿（甲賀市）から中山道小幡（東近江市）までの約三十六キロメートルの脇街道。伊勢道、市道とも呼ばれる。春日局《かすがのつぼね》が寛永十七年（一六四〇）に伊勢神宮から多賀大社へ参詣した際に整備された。江戸中期頃には京の公卿たちが年に三回（正月・五月・九月）伊勢神宮と多賀大社へ代参の名代を派遣する習慣があり、その際に利用されたことから「御代参街道」の呼称が生まれたが、江戸期の文献には「御代参街道」との記述は見られず、慶応四年（一八六八）の記述が初見である。また、土山に残る道標に「右北国たが街道ひの八まん道」とあり、北国への最短経路として利用されていた。

注3・糸切餅

その昔、二度にわたる蒙古軍の襲来を神風によって勝利した事を祝って、蒙古軍の旗印の青・赤・青の三筋の線を入れた団子《だんご》を作り、それを弓の弦でたち切って、平和を祈願して神前にお供えしたのが、糸切餅のはじまりという。現在でも刃物は使わず、三味線の糸で餅を切る。悪霊を断ち切る、という意味があるといわれる。

うわばみ退治

東近江今堀《いまぼり》村に住む博労《ばくろう》注1・中野《なかの》ノ坊太郎《ぼうたろう》が六頭もの牛を、

「しー、しぃ、チョーイ、チョイッ」

手綱《たづな》さばきも鮮やかに、奈良《なら》の猿沢《さるさわ》の池の辺《ほとり》にやってきた。すると、そこに公札《こうさつ》が立ち、その周りに人だかりができている。

「なにが書かれた布令《ふれい》かいな?」

坊太郎は気になって、牛の手綱を辺《ほとり》の松の木にしばり、人々の頭越しに覗《のぞ》いてみた。するとその公札には、

「この池には人に危害を加える大蛇《うわばみ》がいる。退治《たいじ》した者には何分の賞をとらす」

と書かれている。その周りの群集も、何やらガヤガヤと噂《うわさ》しあっている。坊太郎が耳をそば立てると、

「なんでも、この池の大蛇が夜な夜な、わしら町人の家はおろか、長者さんや、

お武家さんの屋敷にまで忍び込んで、お姫さんをさらっては、池に引き込むそうな」

「ほれは物騒《ぶっそう》なことや。だれぞ、退治してくれる人はおられんのやろうか」

「ほら無理やろう。先日《こないだ》も、摂津《せっつ》の豪傑《ごうけつ》が、『退治してやろう』と池に飛び込んだのはエエ(良い)が、たちまち大蛇の毒気に打たれて、尻の穴から肝《きも》をひき抜かれたということや」

「うわー、怖《こわ》ッ」

とのこと。どうもこの池には、どえらい大蛇《やつ》が棲んでいるらしい。

「うむっ、こいつは手強《てごわ》そうじゃ」

坊太郎は、つぶやいた。

その時だ。

坊太郎を見止《みと》めた群集のひとりが、人垣をかき分けて近寄ってきた。

「坊太郎さんやないかい！　このとおりや。どないにもならんで皆《みんな》、困ってるんやが、なんとかならんものやろうか」

坊太郎は六尺(百八十センチメートル)豊かな大男。相撲取りでもかなわぬほどの怪力で、人一倍に勇気もある。近郷近在は言うに及ばず、行く先々でも、その豪勇ぶりを知らぬ者はいない。しかも、「このとおりや」と、頭をさげて頼まれれば危険を承知でも断れないのが、坊太郎である。

「やってみるか」

こぶしで胸を、ドン、と打った。

「おねがいします」

「お頭いします」

と、群衆が、坊太郎のまわりに集まってきた。こうなれば、余計に断ることができなくなった。坊太郎は懐から匕首《あいくち》をとりだした。匕首は諸国を旅する護身用の懐刀《ふところかたな》である。褌《ふんどし》ひとつになった坊太郎は匕首を鞘《さや》からスラリと抜き、プーッと唾《つば》を刃先にふきかけ、刀の峰《みね》をしっかり口にくわえると、小波ひとつ立てずに、しずしずと池に入っていった。

すると、固唾《かたず》を呑んで見ていた群集から、こんな囁《ささや》きが聞こえてきた。

「おい、みろや！　さすがの坊太郎はんも、怖気《おじけ》づきよったのやろうか？」

「ほんまや。熱い湯舟にでもつかるように、おずおずと池に入っていきよるけんど、あんなへっぴりごしで大丈夫かいなー」

坊太郎が勇ましく、頭から、ドボーン、と池に飛び込む姿を想像していたのだろう。群集からため息まじりの言葉が坊太郎の背にかぶさってくる。やがて、坊太郎は息を大きく吸い込むと、波ひとつ立てず、水中に沈んでいった。

人々は、息をのみ水面を見守っていた。

すると突然、顔面を血潮で真っ赤にした、大蛇の上半身が水面におどりでた。その眉間《みけん》には、匕首が深く突《つ》き刺《さ》さっている。

「うッ、ひゃ〜ッ」

池の周りの群衆が飛びあがった。

大蛇は巨大な水しぶきを立てながら、のた打ちまわる。水面に渦が巻き、池が血でまっ赤に染まっていく。しばらく大蛇は激《はげ》しくのたくっていたが、やがて力《ちから》つき、水中に沈んでいった。その跡に、真っ赤な泡がもくもくとあがってきた。その泡に押しあげられたように、坊太郎が水面に顔をだした。

「ウオ〜ッ。よくぞ退治してくださった」

歓声と手を打ち鳴らす音が沸き起こった。

その群集の中にいたひとりの僧が、こうつぶやいた。

「坊太郎なる者、勇気のみにあらず、なかなかの知恵者《ちえもの》よ。大蛇は人の唾に弱いことを知っておったようじゃ。それにまた、大蛇は夜な夜な悪事を働きに街へ姿を現すということで、昼間は池底でぐっすり眠っていると察し、水音を立てずに近づいて、おのが匕首で一気に仕留《しと》めたのであろう」

僧は片手で数珠《じゅず》をもみながら、念仏を口にした。

この噂は、またたくまに天朝《てんちょう》に達した。

天子さまは、坊太郎の知恵と勇気に感激され、御所《ごしょ》にお召しになり、

「何なりと望みの賞をとらすゆえに、申してみよ」

と、仰《おお》せになった。

「わたしは常に牛馬を率いて諸国をまわっておりまするが、牛馬は畜生のことゆえ、お百姓が大事に育てなさった作物を食い、ご迷惑をおかけすることも多々ございます。以降、双方とも成り立ちますよう、道端三尺（約一メートル）の作物を牛馬が食べても、お構いなしのお許しをいただけませんでしょうか」

と坊太郎は願いでた。

早速お許しが出て、後日のためにと、ご院宣（お手判）を賜った。

院宣の原文（後白河天皇宣下案）は左記のとおり。

宣下　近江国保内商人等
　　三千疋馬事
右商人等、東日下、南熊野之道、西鎮西、北佐土嶋、於其中可任心条、依叡慮、執達如件
　保元二年（一一五七）十一月十一日　（今堀日吉神社文書集より）

　この院宣を見ると、

「眼がつぶれるぞ」

といわれ、今に今掘村の日吉神社に秘蔵されているが、この院宣は偽文書ともいわれており、それを見破《みやぶ》られるのを恐れて、こんな謂《いわ》れが生じたのであろうか。

注1・博労
　古代中国の馬相《ばそう》をみる者をさす伯楽《はくらく》の音変化で、牛馬の良否を見分《みわ》けたり、病気の治療や売買、仲介を業《なりわい》とする人をいう。

お千代みち

弥生《やよい》なかばの十五日。

大覚寺《だいかくじ》村では、大覚寺[注1]のご本尊・観世音菩薩《かんぜおんぼさつ》のご開帳法要《かいちょうほうよう》の中日《ちゅうにち》を迎えていた。境内には鉦《かね》や太鼓の音《ね》がひびく。高僧《こうそう》たちのおねりに続いて、母親に手を引かれた稚児《ちご》たちが姿をあらわした。たちまち、

「わぁ、かわいい」

「きれいなお稚児さんや」

あちこちから歓声があがる。

その華《はな》やかで可憐《かれん》な行列は山里を彩る桜花《おうか》に似て、世の弥栄《いやさか》を願っているようだ。その中に、仙太郎《せんたろう》という凛々《りり》しい男の子と、ひときわ可憐なお千代《ちよ》という女の子がいた。

ふたりの家は大覚寺の門前で隣り合っている。幼少の頃からいつも一緒で、

「まるで、兄妹《きょうだい》のようやわ」と、言われてきた。親同士も大へん仲がよく、仙太郎とお千代を「ゆくすえは夫婦に」と約束までとり交《か》わしていた。

時が過ぎ、仙太郎が十七歳に、お千代が十五歳になったある日のこと。大覚寺の門前で悲痛な面持《おもも》ちをした仙太郎がお千代にこう告げた。

「お千代ちゃん、わしのことはあきらめてくれ」

「えッ、何故《なんで》ほんなことを言うの」

「お前《まい》も知ってのとおりや。おやじがなんもかんも、壊《こわ》いせしもうた」

仙太郎の父親は家族おもいで人一倍の働き者であった。それが急変したのは、三年前、仲睦《なかむつ》まじく連れ添ってきた妻にポックリと先立《さきだ》たれて一周忌《いっしゅうき》をすませた頃からである。連れ添いを亡くした寂しさからか、酒と八日市新地《ようかいちしんち》の廓通《くるわがよ》いに溺《おぼ》れ、ついに先祖代々受け継いできた田畑を一枚、二枚と手放すようになっていた。

見かねたお千代の両親が、

「寂しさを紛《まぎ》らわそうとするのは分からんでもないけんど、おまいには三人もの子どもがおるやないかい。兄の仙太郎は、そろそろお千代と夫婦になってもおかしない歳《とし》やぞ。ほやのに娼妓《じょろう》なんぞに目がくらんどったらあかんやないか。ほんなに寂しいのやったら、きちっとした後妻《のちぞい》をもろうたら、どないやい」

人の道を何度もといて諭《さと》すが、いっこうに聞き入れようとしない。

それどころか仙太郎の父親は、

「あの娼妓《おんな》を身請《みう》けすることに決めたんや。ケヘッ、おまいらに心配してもらう必要なんぞないわい。子どもらは奉公にでも出いせ(出して)、ちゃんと始末するさかいにな、ほっといてくれ」

暴言を吐き、財産のすべてを売り払ったことを告げた。

仰天《ぎょうてん》したお千代の父親は、とうとう堪忍袋《かんにんぶくろ》の緒《お》をきらせ、

「仙太郎とお千代の縁組《えんぐみ》の約束もこれまでやッ。はだん、破談やッ」

きつく言い渡したのである。

話は、大覚寺の門前にたたずむ仙太郎とお千代のシーンに戻る。すっかり頬《ほお》の肉がこけ落ちた仙太郎の目に涙があふれた。

「仙太郎さん」

お千代が、仙太郎の袖《そで》にとりすがる。

「お父《と》さんが財産を失しのうたぐらい、なんやのん。ほんなことでわたしたち

の仲がこわれるやなんて、弱虫《よわむし》なことを考えんと、これからふたりできばって（がんばって）働いて、失《な》くいさモンを取り返《かえ》いさらエエやないの。今さっき、仙太郎さんと早く一緒にしてくださるように、観音さんに祈願《きがん》してきたとこなんよ。いままでうちね（わたしの家族）と仙太郎さんね（の家族）とはあんだけ仲よう暮らしてきたんやないの。ふたりで、お父さんにあんじょう言《い》う（筋を通して説明すること）たら、きっとわかってくれるわ。ほて（そうして）、ふたりで、いちからきばろう（最初に戻ってよく働こう）、な、出直《でなお》いさらエエやん。な、ほうしよう。ね、ねッ」

お千代の言葉は、仙太郎の胸をきつくしめつける。仙太郎は悔《くや》しさに顔をゆがませ、歯を一文字に食いしばり頬を焼くほどの、あつい涙をあふれさせた。

「ほう言《ゆ》うてくれるのはうれしいけんど、わしにはとてもやないが自信がもてへん。お千代ちゃんを幸せにすることはでけん。すッ、すまん。わしとのことはあきらめてほしいのや」

「いやや。私《うち》はどんなことになったって、仙太郎さんと一緒やったら辛抱《しんぼう》もするし、我慢もするわ。ねェ、ねェ」

お千代は仙太郎にすがりついた。

「いや、もう、わしは決めたんや。あきらめてくれ。仏《ほとけ》さんのお慈悲《じひ》にすがるより他に、道はないのや」

そう言うと仙太郎は、お千代の手をふりはらって、逃げるようにかけだした。

その日から、仙太郎はお千代を避けるようになった。お千代が仙太郎に会いにいっても、仙太郎は顔をゆがめて涙をため、ただ、

「すまん、この通りや」

と、お千代を伏し拝むばかりであった。

しばらくそうした日々が続いたある夕方、お千代が仙太郎の家をこそっと訪ねてみると、酒色に溺れる父親が出居の間《でいのま》（玄関の間）にポツンと、ひとりいるだけで仙太郎も弟も妹の姿もなかった。ふと、イヤな思いが胸をさし、父親に尋ねてみた。すると、

「ケッ、こんな父親に愛想《あいそ》をつかしおって、きょうだい揃《そろ》って家を出ていきおったわ。おまいも仙太郎のような親不孝もんは忘れてしもうて、どこぞのエエ男と一緒になったほうが、エエぞッ」

という始末。

なおもよくよく尋ねると、弟と妹を親戚に預けて、仙太郎は名を「良斉《りょうさい》」と

改め、金剛輪寺《こんごうりんじ》で[注2]剃髪《ていはつ》(僧籍に入る)した、という。

「ほんな、アホな……」

その日から、お千代は落胆《らくたん》のあまり食事もとれず、気が抜けたようになり部屋に閉じこもってしまった。

お千代はこうしてしばらく物思《ものおも》いにしずんでいたが、

「あいたい。逢いたい、逢いたいわ」

日を経るごとに、ますます仙太郎が恋しくなる。

「仙太郎さんに逢って、今一度その口から本心を……」

お千代は決心した。そして、金剛輪寺に通いつめるようになった。

くる日も、また、来る日も……。

「一目《ひとめ》お逢いしたいのですが、呼んでいただけませんでしょうか?」

だが、お千代がいくど訪れても、仙太郎は顔さえださない。


今日も、お千代は金剛輪寺にやってきた。

「どうか、お取り次ぎを……」

応対にでた先輩僧に頼み込む。

その僧はいつものように深いため息をつき、

「良斎は落髪して仏門に身をゆだね、寝食《しんしょく》も忘れるほどのきびしい修行の毎日をおくっております。もはや、あなたがいくら懸想《けそう》なされても無理というもの。誰《だれ》ぞほかに、良き伴侶をおさがしなされるほうが、よろしかろうと思います」

と諭した。

ところが、今日にかぎってお千代はその先輩僧にくいさがった。

「一度だけでよいのです。お逢いしなくては、わたしの心は休まりません。ここに通いつめまして、今日で百日目《ひゃくにちめ》。お会いできずに帰るとなれば、お百度《ひゃくど》祈願も成就《じょうじゅ》ならず……。わたしにもそれなりに覚悟《かくご》がございます。どうぞ生きる望みを、生きるのぞみを……」

ホトホトと涙をおとしてその場にふし、ふるえる両手で合掌《がっしょう》した。恋い慕う、ものの哀れが通じたのであろうか、僧は少考《しょうこう》の後《のち》に頷《うなず》いた。

「そこまで覚悟を決めて来られたのであれば、きょうこそ良斎を説得してみましょう。本堂後陣《こうじん》の裏部屋で夜の来るのをお待ちくだされ」

お千代はこころを弾ませて、その裏部屋に身をひそめて夜を待った。

陽《ひ》が落ちてまもなく、表の本堂から長い読経が流れてきた。夜のおつとめである。やがて読経がおわり、蝋燭《ろうそく》の明かりが消えると、僧たちの足音が遠ざかっていった。すると急に闇が訪れ、裏部屋は目を瞑《つむ》ったようになった。

お千代は心もとなくなってきた。

「はたして仙太郎さんは……、来てくだはるのやろうか……」

しばらくすると、闇の奥からすり足が近づいてきた。

「仙太郎さんや」

お千代の胸奥《きょうおう》が高鳴った。

スー、と裏部屋の戸があいた。

闇に目が慣《な》れたとはいえ、窓も燭台《しょくだい》の明かりもない裏部屋である。かすかに動く輪郭《りんかく》だけが、ボーゥと闇に浮かぶ。

「仙太郎さん」

お千代はそのカゲにしがみついた。僧衣のしたの鼓動が、お千代を包む。

「仙太郎さん、お情けを……」

やがてふたりは一つになった。

「やっと私《うち》……、仙太郎さんのお嫁さんになれたんやね」

ところが、仙太郎は逢ったときから一言も言葉を発しない。

「ねえ、なんで黙っているの？　何とか言《ゆ》うて！」

お千代は仙太郎の両肩をゆすった。すると、

「す、すまない。毎日寂しい山道を、女ひとりで通って来なさる一途なお気持ちに、おこたえするには、こうするより仕方がなかったのです」

とんでもない声がした。あの先輩僧の声だった。

「ぎゃ〜ッ」

お千代は獣《けもの》のような叫び声をあげ、裏部屋をとびだした。

翌朝、金剛輪寺の麓《ふもと》の池に、若い女の遺体が浮かんでいた。


いつの頃からか、お千代が通いつめた山道は「お千代道」とも「お稚児道」とも呼ばれるようになった。そのお千代道に、いつ、誰が寄進したのか、石地蔵がひっそりとたった。金剛輪寺のふもと松尾南村・慶乗《けいじょう》寺廃寺の畔《ほとり》に女郎《じょろう》ケ池《いけ》と呼ばれる古池《ふるいけ》がある。毎年九月十六日、（近年は十六日近辺の日曜日に変更されている）金剛輪寺の僧により、身投げした娘の供養が今も執《と》り行《おこな》われている。ここはお千代が身投げした池なのかもしれない。

注1・大覚寺

近江三十三観音の内、十七番札所。東近江市大覚寺集落の一番奥に建つ天台宗の尼寺。境内に子安地蔵が立つ。本堂に安置される十一面観世音菩薩は秘仏で、座高が一〇七、八㎝で豊かな肉取りの頬や深厳な面相、腰高で全体に纏《まと》まりの良い像と言われる。わきじに不動明王と毘沙門天が祀られている。ほかに鎌倉期の仁王像の仏頭や平安期の地蔵菩薩像が祀られる。

注2・金剛輪寺

湖東三山のひとつ。奈良時代の中頃、天平十三年（七四一）に聖武天皇の勅願で行基菩薩によって開山。言い伝えに秘仏本尊聖観世音菩薩は、行基菩薩が一刀三礼で彫り進められたところ、木肌から一筋の生血が流れ落ちたため、観音様に魂が宿った証として、粗彫りのまま本尊としてお祀りした。後の世に「生身《なまみ》の観音」と呼ばれるようになり、全国十万の観音信徒より篤い信仰を集めている。

肩にのった薬師

野《の》矢《や》孫《まご》左《ざ》衛《え》門尉《もんのじょう》光信《みつのぶ》は主君の伊達《だて》政宗《まさむね》から、

「この金屋は、野うさぎや雉《きじ》などが多く生息していて、狩場《かりば》として最適の地である。ここに移住して上様《うえさま》（徳川家康《とくがわいえやす》）が、いつどき鷹狩《たかがり》を挙行《きょこう》されても活躍できるように、鷹の調教をしておくように」

金屋は戦功により伊達政宗が徳川家康から慶長《けいちょう》六年（一六〇一）に近江蒲生《がもう》郡《ごうり》五千石を給《きゅう》せられた領地の一部である。光信は石塔寺の宝塔を発見した鷹《たか》狩《がり》の名手といわれた野矢光盛《みつもり》の子孫で、これまた光信自身も鷹狩の名手と評判である。光信は伊達政宗の命により北脇《きたわき》（蒲生郡桜谷《さくらだに》村）から、ここ金屋に移住して鷹の調教に励む日々を送っていた。

そんなあるとき、最も優れた鷹の一羽が病気になった。「はやぶさ号」である。

「困ったことよ」

大好きな雉の肉を与えても、ウサギの肉を与えても、はやぶさ号は一向に食べようとしない。血《ち》に肉を細かく砕いて混ぜた餌を無理やり飲ませても食欲はもどらない。日ごとに体力が落ちるばかりであった。

「このままでは、はやぶさ号の命があぶない。もはや、安土の桑實《くわのみ》寺[注1]のお薬師さまに、おすがりするよりほかに策《さく》がない」

桑實寺の薬師如来は、天智《てんじ》天皇が四女の阿閇皇女《あへのひめみこ》の病気快癒の祈願をしたと伝わる、霊験あらたかな仏である。

光信がここに祈願して一七日目、満願の真夜中であった。堂内で端座《たんざ》して祈っていると、夢か、うつつなのか、薬師如来があらわれて、

「われ分身《ぶんしん》を汝に授《さず》く」

とお告げになり、煙のように消えた。

瞬時《とたん》に、光信の肩が重くなった。何事か？　と、振り返ると、

「おお、薬師如来さまのご分身が、我が肩に……」

乗っておられた。

「はやぶさ号の快癒《かいゆ》祈願のためにも、我家《わがや》で大事にお祀りしよう」

光信は大喜び。薬師如来を肩に乗せたまま、家路をいそいだ。

ところが、清水川を渡って間もなくのこと。どうしたことか、急に肩が重くなり、足がつっぱって一歩も歩けなくなってしまった。

「おお、これはお薬師さんが、ここに留《とど》まりたい、と、申しておられるのや」

そう悟った光信は、そこに一宇《いちう》を建て、霊石山《れいせきざん》薬師堂と号してお祀りした。

そして、はやぶさ号の病気平癒の祈願をすると、たちまちはやぶさ号は快癒《かいゆ》し、家康主催の鷹狩の行事では他を抑えて抜群の成績を収めるに至った。

この噂は、村中で持ちきりになった。やがて噂が噂を呼び、近郷近在の村人はいうに及《およ》ばず、はては遠国からも、

「所願成就《しょがんじょうじゅ》、霊験あらたかな、お薬師さん」

と、人々が押し寄せるようになった。

こうなると、ここに訪れるのは善男善女《ぜんなんぜんにょ》ばかりではない。

「寝て食べて、女を抱いて楽しく暮らせるように」

「バクチで大儲けが、出来《でけ》ますように」

「盗みに入っても、御用《ごよう》になりませんように」

とんでもない祈願をする者があらわれはじめた。

すると、仏罰てきめん。こうした不心得者《ふこころえもの》たちの目がつぶれたり、転んで

ケガをしたり、はては家が火災にあったりした。

こうなるとまたも噂は噂をうみ、善男善女のあいだからも、

「お薬師さんを拝《おが》んだら、あかん」

「拝むと、不吉なことがおこるでェ」

といわれるようになり、薬師堂には誰も訪れなくなった。やがて、薬師如来は秘仏として扉の奥にしまわれ、人々の目に触れることはなくなった。噂では「このご本尊は石仏で石塊《せっかい》の上にまつり、その上にお堂が建っている」と、いわれている。現在では、まことの善男善女だけが、

「どんな願いごとも必ず、かなえてくださるお薬師さんや」

と、人知れず、お参りに訪れるという。

注1・桑實寺

天智天皇が四女の阿閉皇女（後の元明天皇）の難病快癒を僧に祈らせたところ、薬師如来が天竺より琵琶湖に降臨し、阿閉皇女の病気を治された。これにより、天智天皇の御願で、天武六年（六七七）に藤原鎌足の長男、定恵《じょうえ》上人《しょうにん》により開山されたと伝わる。

カッパ相撲

その一　きゅうり盗人

むかし、八日市中野《なかの》村の畑でたびたび胡瓜《きゅうり》が盗まれた。一晩に畑ごと、ごっそりとなくなることさえあった。

中野村に河童《かっぱ》がでると噂がたった。河童の好物は胡瓜である。村でも、

「きゅうり泥棒は、河童にちがいない」

と目星《めぼし》をつけてはいたが、その現場を確認した者はいない。そこで村長《むらおさ》は、村人を招集して夜を徹して監視することにした。すると、夜明け前にどこからともなく、身の丈六尺(百八十センチ)の大河童が現れた。

「それっ、逃がすなッ」

村人は河童をとり囲んで詰め寄った。

「やっぱりおまいか。苦労してつくった胡瓜や、盗むのはやめてくれまいか」

村長が談判すると、河童はカエルのような丸い目をむいて、

「ケ、ケ、ほんならダレでもよい、相撲でわしを負《ま》かいせみい。ほしたら、盗《と》るのをやめたるがな」

と言い、ペッ、ペッ、と首を左右に振った。すると、頭の皿《さら》から水が飛び散った。それをかぶった村人は、ひとたまりもない。急に足腰の力がなえ、その場にヘナヘナとへたり込んでしまった。河童はそれを尻目に、持ってきた蒲《がま》の葉で編んだ籠《かご》に胡瓜をどっさり詰め込んで、立ち去った。

村長は困り果てた。

昔から、どんなに強い横綱《よこづな》でも、河童には勝てないといわれている。しかも、中野村に住むのは大河童だ。それに頭の皿の水には神通力《じんつうりき》がある。中野村で河童に勝てる者などいるはずがない。

「どうしたものか」

しばらく村長は頭をひねっていたが、ややして、ハタと膝を打った。

「おう、ほうや！　小脇《おわき》村の横綱、権之丞《ごんのじょう》ヤンを呼ぼう。あの人《いそ》は近江一で桁外《けたはず》れに強い。必ず負《ま》かいせくだはるにちがいない」

村では衆議《しゅうぎ》一決《いっけつ》し、村長を先頭に村役人がうち揃《そろ》い、酒樽と菓子折を携《たずさ》えて、小脇村の権之丞に頼みにいった。

権之丞は相撲では、誰にも負けたことがない。

「なんの河童の一匹ぐらい、コテンパンにしてやろう」

権之丞は自信まんまん顔で快く、引き受けた。

相撲勝負の当日になった。

「河童と横綱の大一番《おおいちばん》や。こいつはめったに見られんぞ」

近郷近在から見物人がぞくぞくと、押し寄せてきた。

やがて、土俵《どひょう》では河童と権之丞がにらみ合う。

仕切りはじゅうぶん。

「はっけよーい」

行司《ぎょうじ》が軍配《ぐんばい》をひるがえす。両者が立ちあがった。

その一瞬、河童が首を左右にふった。すると頭の皿から水がはじけ飛んだ。

水をかぶった権之丞は、たちまち体の力が抜け落ちた。そのとたん、河童のてっぽう(突き技)が権之丞の胸板《むないた》を、ドーン、と突きあげた。

権之丞はひとたまりもない。土俵の外にはじき飛ばされ仰向《あおむ》けに、どてーん、とひっくり返った。

「けえーッ！」

あまりにも強い河童に、村人は悲鳴をあげた。

村長も村役人たちも、まっ青《さお》だ。

河童はずんべりした胸を拳《こぶし》で、ドーン、と打ち、

「ケ、ケ、ケー、約束だ。以降、畑の胡瓜は勝手気ままにもらうとするぞ」

と勇みたった。

その時だ。

「一寸《ちょい》と、待て！」

土俵に上がってきたのは、横綱の補欠《ほけつ》として権之丞の尻に付いて来た、小脇村の喜助《きすけ》だった。補欠といっても、さほど実力はない。

「横綱が負けた時には、わしが相手や！」と、自分勝手について来ただけである。

「おいおい。横綱の権之丞ヤンでもイチコロやのに、とてもやないけんど、お前《まい》では無理やで」

周りの村人から、あざけりが飛ぶ。ところが喜助は、横綱よりもかなり小柄《こがら》

だが、身《み》は軽い。それに、「トンチの喜助・小脇の一休」と言われるほどの、トンチの名手だ。土俵に上がるなり、くるりとトンボをきって(空中で一回転すること)、その場に着地してみせた。

「おいッ　河童よ。おまいの相撲は馬鹿力《ばかちから》だけや。技《わざ》もないし、機敏《きびん》さもない。頭も悪そうやし、顔も悪い。くやしかったら、わしくらい機敏なところを見せてみい。ほれほれ、こんなことは出来《でけ》んやろう。ワッ、ハッ、ハッ」

喜助は高笑いし、ひょい、とその場で逆立《さかだ》ちをした。河童は、よほど腹に据《す》えかねたのか、丸い目を三角にして、

「バカ、いえ！　ワシかて力《ちから》だけではないぞ」

その場で器用に逆立ちすると、くるりとトンボをきった。

「おうー、河童もなかなかや！」

見物人から驚きの声があがった。

河童はそれにこたえようと、何度もトンボを切る。

「バカな河童め！」

喜助は、ほくそ笑《え》んだ。頭のてっぺんの皿の水がすっかりこぼれたのを見逃《みのが》さなかった。

「へ、へ、へ、これで、わしの勝ちゃ！」

皿の水が無くなれば、河童はまったく無力《むりょく》になる。

やがて、土俵で取り組みが始まった。喜助と河童はにらみ合った。

「はっけよい！」

行事の軍配が上がると同時に、喜助は河童の胸を、ドーン、と突いた。皿の水がなくなった河童は、ひとたまりもない。毬《まり》のように土俵の外へ転げおちた。

それ以降、中野村に河童は出なくなったという。

その二　トンチ盆山《ぼんさん》

在《ところ》は、八日市小脇《こわき》村。

金柱《かなばしら》の宮の境内で、奉納《ほうのう》相撲の土俵つくりがはじまった。

「ところで今年の、横綱は、誰やと思う？」

「ほら、今年も権之丞《ごんのじょう》ヤンに決まっとるがな」

近郷近在で、権之丞に太刀打《たちう》ちできる者は誰ひとりいない。

「ほやけんど喜助《きすけ》ヤンも、日頃から体をつくっとるらしいで」

「いやいや、あいつはトンチでは横綱やが、相撲ではまだまだや」

喜助は〈トンチの喜助〉〈小脇の一休〉と言われる、トンチの名手だ。

「中野村の河童相撲では、うまいことやりよったけんど、今度の秋祭りの奉納相撲では、ほうはいかんでぇー。権之丞ヤンの頭には皿も水もないもんな」

「ほんまや、ワッ、ハ、ハ」

村の若衆たちが土を盛り、俵《たわら》を埋めながら噂に花を咲かせていた。

その時だ。

「ちょいと待て！」

うしろを振り向くと、喜助が眉《まゆ》を吊り上げて立っている。

「おぅ！　噂をすればなんとやら、喜助ヤンかい」

「今年の横綱は、誰《たれ》やと言《ぬか》すんやい！」

喜助が大声をあげた。えらい剣幕《けんまく》だ。

ところが若衆たちは相手にしない。いやに落ち着いている。

「なんぼ強がり言うたかて、今回《こんど》はおまいのトンチにはのらんで」

「なにッ！　もういっぺんぬかいせみい！」

あまりの強がりに、若衆たちが喜助の周りをとり囲んだ。

「まん一《いち》、負けたらどないする気や」

と詰め寄った。

すると喜助は、村はずれの盆山《ぼんさん》[注1]さ指差《ゆびさ》して、

「もし、わしが負けたら、あの山を三宝《さんぼう》（神仏の供物《くもつ》を載せる器物）にのせて、村中《むらじゅう》を練《ね》り歩いてみせるわい」

と胸を張った。盆山は標高一七八、四メートル、村の西にあり太郎坊山と十三仏山に挟まれたお椀《わん》を伏せたような小山である。いくら小山といえども、これを三宝に乗せ、練り歩く事などできるはずがない。

「ほれは、おもしろい」

若衆たちは手を打って、

「今度こそは、誤魔化《ごまか》されるもんか。大恥《おおはじ》をかかせてやろうやまいかい」

ほくそ笑みながら、互いに顔を見合わせた。


奉納相撲の当日になった。

土俵の周りに村人が群がった。次々と取り組みが進んでいく。

横綱の権之丞は予想通りに勝ちあがってきた。ところが、

「ひえッ！　喜助ヤンも自慢しとったとおりや。勝ち残ってきよったで」

やんやの拍手と歓声が、境内をつつんだ。

いよいよ横綱を決める大一番だ。権之丞と喜助が互いに睨《にら》みあった。

「ハッケ、ヨイ！　ノコッタ、ノコッタ！」

喜助は、どうにか四つに組んではみたが、勝負は呆気《あっけ》なくついた。権之丞の上手投《うわてな》げにあい、喜助は土俵の真ん中で、ドテーン、とひっくり返った。

「ウオーッ」

歓声が嵐のようにわきおこった。

権之丞は厚い胸板を拳《こぶし》で、ドーン、と叩いて意気をはく。喜助は背中に砂をべったりつけて、土俵をおりてきた。

「さあ、さ、約束や」

村人は、ここぞ、とばかりに喜助をとり囲んだ。

「さっそく盆山を三宝にのせて、村中を練り歩いてもらおうやないかい」

するとと、喜助は、

「よかろう。ほれではまず、盆山をのせる三宝を用意してくれ。ほれで、村中を練り歩くと、おまいらの民家《いえ》が邪魔になるのや。何処《どっ》かへ移転《のか》いせくれや」

と言う。村人は、盆山をのせるような巨大な三宝を用意することも、家を移転させることも出来るはずがなく、

「またも、やられた！」

と、喜助の奇知《きち》に舌を巻いて退散した。

注1・盆山

黄金の鳥が埋められていると伝承され、コマの長者の築山ともいわれている。また、この山は、長者の娘が使った紅のかすを捨て、それが積もって山になったとも言われ、「紅かす山」とも呼ばれている。

枯れ泉

八日市の清水神社《しみずじんじゃ》裏に清水川《しゅうず》の湧水《わきみず》がある。

その湧水は、夏には手が切れるように冷たく、冬には湯のように温かい。

ある冬のはじめのこと。

「今年もエエ大根が沢山《ぎょうさん》採《と》れた。うまい漬物《ふるづけ》が出来《でけ》そうや」

ひとりの老婆が呟《つぶや》きながら、大根を洗っていた。そこには洗い立てのみずみずしくて大きな大根が、山のように積まれている。

そこへひとりの旅僧が通りかかった。

「もうし、お女中よ。その大根を喜捨《きしゃ》（貧しい人に施しを喜んですること）していただけまいか」

旅僧の声に老婆が、ひょいと、川戸《かわど》から振りあおいだ。

とたんに、老婆は顔をしかめた。

旅僧の汚れたワラジの緒《お》は、今にも切れそうで墨染《すみぞ》めの衣《ころも》もボロボロだ。

「ケェッ！　こじき坊主かい」

老婆は舌打ちをして、

「これは不味《あんの》うて、食《く》えたもんじゃない」

ふん、と顔をそむけた。すると、旅僧は、

「食べられないようなものを、なぜ洗っておられるのでしょう」

そうつぶやいて、その場を立ち去った。

「手間を取らせくさって、くそ坊主めがッ」

老婆は吐き捨てるような言葉を旅僧の背にあびせて、再び、大根を洗おうとすると、どうしたことか湧水がプッツリと止まって、川はみるみるうちに、干しあがってしまった。

老婆は仰天《ぎょうてん》。

「ひえーッ！　ま、まさか！　あのいそ（坊さん）にけちんぼした、バ、バチやろうか」

老婆はあわてふためいて、足もとの大根を一本持って旅僧のあとを追った。

「許《こら》いておくれやす」

老婆は僧の足元に叩頭《こうとう》（頭を地面につける様子）し、両手で大根をさしあげて謝った。すると旅僧は、

「困った人には施行《せぎょう》をなされよ。それは功徳《くどく》と言って良い行いです。あなたはあれだけたくさんの大根をお持ちです。一本や、二本、施行したところで、どうということはないはずです。世の中、助け合うのが大切です。どうかこの事を心に刻んで、困った人に出会えば、今のことを思い出してくださるように」

そう老婆に諭《さと》した。

再び老婆が川に戻ると湧水は、こんこんと湧《わ》きだしていた。

それから一年がたった。

老婆が今年も大根を洗っていた。

背後で蚊《か》のなくような声がした。老婆が振り向くと、いつ顔を洗ったのかと思うほどの垢《あか》まみれ、髪は泥水をこすりつけたようにコベコベで、ボロボロの衣を身にまとった女が立っている。

「もーし……」

「昨日《きんの》から何《なん》も食べておりません。どうか、そのお大根を一本恵《めぐ》んでいただけ

まへんやろうか?」

女が老婆に頼み込む。

たちまち、老婆の顔がしがんだ。

「この大根は、食えんのや」

老婆は吐き捨てるように言い、ぷいッ、と顔をそむけた。女はかるく会釈《えしゃく》して、その場を立ち去った。そのとたん、清水川の湧水は、ピタッ、と止まってしまった。

「ひえーッ」

老婆は仰天した。一年まえに旅僧に諭された言葉が頭をよぎった。

「またもや、どえらいことをしてしもうた」

老婆は一本の大根をぶらさげて、女のあとを追った。

ところが、女の姿はすでになかった。

その夜、老婆の夢枕《ゆめまくら》に、弘法大師《こうぼうだいし》が現れ、

「先年、あれだけ施行の功徳を教えたはずなのに、忘れてしまったのですね。それを忘れないためにも、この季節《じき》には湧水を止めておきますから、よく覚えておきますように」

とお告げをし、老婆の不徳《ふとく》を諫《いさ》めた。

それ以降、この季節になると清水川の湧水は、ピタッ、と止まるようになったと伝わる。

身代わり地蔵

日吉溜《ひよしため》の辻に、「ゆるが上地蔵《うえ》」がお祀りされている。

そこから北に向かうと伊野部《いのべ》集落がある。集落の村長《むらおさ》の娘、沙代《さよ》は日ごろからこの地蔵にふかく帰依《きえ》していた。

ある春先のことであった。

どうしたことか沙代の母親がとつぜん、高い熱を出し、

「痛い！　苦しい！」

と、のたうちまわる奇病《やまい》に冒された。

近郷近在《きんごうきんざい》の薬師《やくし》（医者）はおろか、都の名医を呼んで診《み》たてさせても、その原因《わけ》すらわからない。帰依《きえ》する「ゆるが上地蔵」に祈願しても快癒《かいゆ》はみられなかった。やがて母親の体力は落ち、沙代がいくら「お母さん！　おっかさん」と呼んでも返事すらなく、ついに寝たきりになってしまった。

「どうして、こんなことに……」

看病する家族はもちろん、使用人にいたるまで為《な》す術《すべ》なく、苦悩していた。

「お地蔵さんのご利益《りやく》にも、見はなされてしまったのかしら」

ますます重くなる母親の容態《ようだい》に、沙代は身も心も疲れ果てていた。そんなある夜、寝つかれぬ沙代が、うとうとしかけたときのこと、枕辺《まくらべ》に「ゆるが上地蔵」があらわれた。

「おじぞうさま……」

沙代は地蔵の足元にすがりついた。すると、

「成願寺《じょうがんじ》のお薬師さまに、おすがりなさるがよろしいでしょう」

厳《おごそ》かなお告《つ》げがあった。成願寺は太郎坊《たろうぼう》宮の麓《ふもと》にあり、延暦《えんりゃく》十八年(七九九)に最澄《さいちょう》が開いた寺である。本尊の薬師如来は、近郷近在の村人から「霊験あらたかなお薬師さん」と崇敬《すうけい》されていた。

「お地蔵さんのお導きや。お薬師さんにおすがりしよう」

そして、沙代は「三七二十一日間《さんしちにじゅういちにちかん》の願《がん》かけまいり」をする決意を、父親に打ちあけた。

「ほれは、よう決心《きめ》てくれた。ほやけんど、成願寺は箕作《みつくり》山の麓を、ぐるりっ

と曲《ま》わる一里《いちり》あまり(四キロメートル以上)の遠い道のり。林ばかりが続く昼なお寂しい場所《ところ》や。むかしから願掛けまいりは、真夜中の丑三《うしみ》つ時《どき》に、ひとりでこっそりするもんやが、若い娘のおまえひとりじゃ、とてもやないが心もとない。必ず、だれぞ供《とも》にせんとあかんぞ」

沙代は十八歳で花のように美しい。村長は娘の安否《あんぴ》を気遣《きづか》った。

沙代は父の言葉にしたがって、次の日の払暁《ふつぎょう》から雨の日も、風の日も、ある日は下男《げなん》と、ある時には下女《げじょ》を供にして、成願寺へ通いつづけた。その沙代の願いが薬師如来に通じたのか、満願《まんがん》のちょうど五日前、

「今、帰ったで」

といつものように母親に声をかけると、いきなり意識を取り戻した。

それればかりか、顔色もよく、床から起き上がろうとする。その快癒振《ぶ》りに、

「これもお薬師さんのおかげやわ! ゆるが上地蔵さんがお導きくだはった(くださった)、お薬師さんのなぁ!」

沙代は目を見張った。

成願寺へ通いつづけて二十一日目、満願の朝になった。

母親の病も、すでに癒《い》えている。

「おっかさんをこんなに良くしてくださったお薬師さんに、結願《けちがん》の今日だけは、わたし一人でお礼参りをしてくるわ。帰ったら、みんなで快気《かいき》祝いをしようね」

沙代はほほ笑む。

「ほやけんど、おまえひとりじゃ、心もとないがな」

村長は心配したが、

「今日だけはどうしても、わたしひとりで行くわ。すっかり通いなれた道やし、心配せんでも大丈夫やて。もしもの時はこれもあるわ」

母から授かった重代《じゅうだい》の「志津《しづ》」と銘《めい》ある懐剣《かいけん》を胸に、沙代はひとりで成願寺に向かった。

結願まいりを無事に終えた沙代が、日吉の溜の辻までもどってきた。

ゆるが上地蔵の前に跪《ひざまず》き、

「お地蔵さんのご託宣《たくせん》のおかげです。無事に結願をさせていただき、母の病も癒えました」

と報告して手を合わせた。と、そこへ、背後で男の声がした。

「今日《きょう》は、おひとりか?」

ハッとして、沙代がたちあがると、一人の男が前に立ちはだかった。誰あろう。金堂御陣屋《こんどうごじんや》で足軽《あしがる》をつとめる増井権蔵《ますいごんぞう》である。かねてより臆面《おくめん》もなく沙代の屋敷にきて、沙代との縁談を進めてほしいと願っていたが、村長に鰾膠《にべ》もしゃしゃりも無く断られた男だった。

「なんぞ、ご用でございましょうか……」

「成願寺へ日参しておるようじゃな」

沙代が軽く頷《うなず》くと、権蔵はニタッ、と卑猥《ひわい》な笑みを浮かべた。かねてより、沙代がひとりっきりになるのを待って、袖《そで》を引こうとしていたに違いない。

「いつもはダレかがおるので、どうにもならなかったが、今日こそは無理からにもわしのモノになっていただこうか」

「ご冗談《じょうだん》を……」

沙代は権蔵の言葉をかるく受け流した。

「つべこべ言わずに、わしのモノになりな」

いきなり、権蔵は沙代の手首を鷲《わし》づかみする。その手を払った沙代は一歩引きさがり、臆することもなく、

「無礼をなさると、覚悟がござりまするぞ」

と、懐剣をにぎりしめた。すると権蔵は、

「足軽とはいえ、わしも武士の端《はし》くれ。小娘ごときにこれほどまでの恥辱《ちじょく》をうけようとは、もはや許せぬ。金堂御陣屋の恥だ、そこになおれ」

理由《わけ》のわからぬ理屈《りくつ》を捏《こ》ね、腰の一刀を上段《じょうだん》にかまえて脅《おど》した。


街道の傍《かたわ》らに「伊野部ゆる」の清らかな流れがある。

その川戸《かわと》で、老婆が米をかして(洗って)いた。ふたりの争いに気づいたのか、老婆が川戸からあがってきた。

「もうし、何事かは存じませぬが、うら若き娘のこと、そう事を荒立てずに、このババァに免《めん》じて、なにとぞ許してやってはくだはりませぬか」

老婆は小腰《こごし》をかがめて、権蔵を諭《さと》した。すると、権蔵は眉《まゆ》を吊《つ》りあげ、

「邪魔立《じゃまだ》ていたすと、たたッ斬るぞ」

と、脅す。

「これは、これはきついお言葉、こんなババァでよろしければ、どうぞお好きなように。ですが、この娘《こ》だけは」

老婆は深く腰を屈めて、

「許してやってくだされ」

と権蔵を宥《なだ》めた。だが、

「だまれ！　そちごときババァの知ったことではない。失《う》せろ！」

と喚《わめ》く。諭しても道理《どうり》のわかる男ではない。老婆はいきなり権蔵の腰に両手でしがみついて、

「つまらぬことに拘《かか》わらず、ここはワシに任せて、早う、おかえり」

と、沙代を急《せ》かせた。

「で、でも……」

沙代は一瞬、惑《まど》ったが再び、「はよう！」と老婆に急かされ、伊野部に向って駆けだした。

その背後《うしろ》で、

「無礼討《ぶれいう》ちじゃ！」

権蔵の大声とともに、「グワーン」と、大きな音がした。

息をきらせて我家《いえ》に帰《もど》った沙代から、

「お、お父さん、お婆さんが……」

事《こと》の仔細《しさい》を聞いた村長は、

「ほら、いち大事《だいじ》や！　それッ！」

屈強《くっきょう》な使用人を引きつれて、日吉の辻にとんでいった。ところが、かけつけると男の姿も老婆のすがたもない。そこには右肩から袈裟懸《けさが》けに、バッサリ切られた石地蔵が倒れていた。

「おお！」

村長は悲壮な声をあげ、地蔵にとりすがった。

「老婆に化身《けしん》したお地蔵さんが沙代をお助けくだはったのや。二度とこんなお姿にさせてはあかん」

村長は山裾の大岩《いわ》に磨崖地蔵《まがいじぞう》を刻み、その前に見事な石灯篭《いしどうろう》を寄進して、朝夕、香華《こうげ》を絶やすことなく祈りをささげつづけた。やがて、この地蔵は名を変えて「身代《みが》わり地蔵」とも、「米かし地蔵」「導《みちび》き地蔵」とも呼ばれるようになり、近郷近在の村人の信仰を集めるようになった。

なお、寄進された石灯篭は現在、伊野部村正福寺《しょうふくじ》の古梅《こばい》の脇にひっそりとおかれている。

飴六文

ある春先のこと。

横殴《よこなぐ》りの雨が降って、冬に逆戻《ぎゃくもど》りしたような寒い夜更け。臨月《りんげつ》の腹を抱えてよろよろと、人影の絶えた愛知川宿《えちがわじゅく》に一人の女がやってきた。女は一軒の旅籠《はたご》の前で立ちどまった。

トントンと表戸を叩いた。

「もうし、もしッ」

よほど疲れているのだろう、消《き》え入《い》るような声。

「開《あ》けてくださいまし」

その声は激しい風雨にかき消されて、表戸はなかなか開かない。

「旅のものでございます。どうぞ開けてくださいまし」

女はあらん限りの声を張りあげて、戸を叩きつづけた。やっと、それに気づいたのか、戸が開いて宿の主人が出てきた。

そのとたん、女はほっとして、主人の方に倒れこんだ。

「おっと、どないしやはった(どうされました)!」

宿の主人が抱きかかえると、女の体は火のように熱い。主人はすぐに家人にいいつけ、着替えをさせて布団に寝かせた。

あくる日は、昨夜の風雨が嘘《うそ》のように晴れた。

ところが、女の熱はいっこうにさがらず、嗜眠《しみん》したままだ。

女は大変美しく品があり、着衣《きもの》も並《なみ》のものではない。

「きっと高貴な奥方《おくがた》に違いないぞ。何とか助けてやりたいもんや。ほれに、今にも生まれそうな大きな腹をしておられるが、このままやったら……」

宿の主人は心を配りながら、ありあわせの薬を飲ませて看病した。すると、それが効いたのか、女はようよう気を取り戻した。

「主人のいる都で子を産むつもりで北国からまいりましたが、このからだではとてもこの先、旅はできません。お願いでございます。わたしが倒れましても、この腹の子だけはどうかお助けくださいまし」

女はか細い声でそう言うと、油の切れた燭台《しょくだい》の炎《ひ》が消えるように息を引きとってしまった。

「産婆《さんば》じゃ、産婆を呼べ！　腹の子だけは助けてやらな」

宿の主人は家人を急かせ産婆を呼びよせた。ところが産婆は、

「死人の赤子《やや》を取りあげたことなんど、ありません」

と断って、帰ってしまった。

「この子だけは助けてくれと頼まれたが、産婆もサジを投げたのや。どうしょもないが、ねんごろに弔《とむろ》うてやろう」

宿の主人は川むこうの梁瀬《やなせ》の墓地に、三途《さんず》の川の渡り賃、六道銭《ろくどうせん》を女の手に握らせて葬った。


愛知川宿の寺の門前に一軒の飴屋《あめや》があった。

その夜、雨戸をおろして間もなくのこと、表戸を叩く音がした。

「はいはい、ただいま」

飴屋の主人が表にでると、品は良いが顔は青白く、やせた女が立っている。

「夜分《やぶん》に恐《おそ》れ入りますが、これでアメを売っていただけないでしょうか」

女は一文銭《いちぶんせん》を差しだした。

「はいはい、ありがとうございます」

飴屋の主人はこんな夜更けに、しかも子供の小遣《だちん》ほどの銭《おあし》を持って飴を買いにくるとは不思議なことや、と思いながらも紙袋《かんぶくろ》にオマケをひとつ足し、

「気をつけて、お帰りやすや」

笑顔で女を見送った。

女の姿は闇の街道に吸われるように見えなくなった。

「このあたりでは見たことのない、お女人《ひと》やなー」

と、飴屋の主人は思っていた。

ところが次の日も、またその次の日も、女は同じように一文銭をさしだして飴を買っていく。それが六日間もつづいた。

「あの女人《いそ》は、ただもんやないぞ。明日《あいさ》、銭《ぜん》を持ってきたらよいが、もしも持ってこんかったら、人間やないで」

飴屋の主人が女房に話すと、

「なんでやな?」

と、首をかたげた。

「人間が死ぬと、六道銭というて三途の川の渡し銭《ちん》を棺桶《かんごけ》に入れるんや。ほれを持ってきたんやないかな」

「あ、ははー、ほんなバカなことがありますかいな」

女房は笑いとばした。

七日目になった。その日は夕方からシトシトと、雨がふっていた。

やはり、女はやってきた。

「きょうはおアシの持ち合わせがございませんが、飴を売ってはいただけませんでしょうか」

女は傘もささずに、髪も着物もジットリと濡れている。

やっぱりや――

飴屋の主人の感《かん》がばっちりあたった。

障子の陰で女房が、ガクガクと震えだした。

飴屋の主人は思う気持ちを落ちつかせ、

「ところで、このあたりではお見かけしたこと、ございませんが、どこからおいでやしたのです」

女の居所をたずねた。

「無賃橋《むちんばし》注1の向こうから、まいりました」

無賃橋とは愛知川宿の南のはずれ、中山道を東西に横切る大河、愛知川に架かる木造《もくぞう》の橋である。その川向《かわむこ》うは道にかぶさるように竹やぶが連なって、ひるまも薄暗く閑寂《かんじゃく》としていて人家もない。しかも、その中ほどに墓地がある。

「ほうですか。ほれはほれは遠《と》い所《とこ》を、よう、お出《いで》くだはいました。きょうはオアシはいりません。どうぞ、これを」

主人は今日も、おまけを足した紙袋を女に渡した。

外はシトシトと雨が降っている。

「傘をお持ちじゃないようですね。どうぞ、これをお使いやす。カゼをひかんように気《き》ぃつけてなー」

飴屋の主人は女に傘を持たせた。女は何度も何度も頭を下げながら、雨の街道に溶けこんだ。女が立ち去ったあと、

「やっぱッ（やはり）、これや」

飴屋の主人は胸の前で両手の甲《こう》を表にして指をたらした。幽霊の仕種《しぐさ》だ。

その日の真夜中のことである。

夢かうつつか飴屋夫婦の枕辺に女があらわれた。女は旅籠《はたご》での経緯《いきさつ》から今日

までのことを、くわしく語りだした。

「この子だけは助けてほしいとお願いいたしましたが、親子ともどもに葬《ほうむ》られてしまいました。ところが、赤子《やや》が墓の下で生まれましたので、育てようとお乳《ちち》をあたえましたが、まったくでません。それで子が腹をすかせて泣きますので、腹のタシにと飴を買いによせていただきました。もはやそれも、かなわなくなりました……」

女はトホホと顔をゆがませ煙のように消えうせた。

次の日、

「なんや変《けったい》な夢を見たもんや。ほやけんど、もし今夜、あの女が来《こ》んかったら、よんべの夢は正夢《まさゆめ》やで」

飴屋の主人は女を待った。ところが夜がふけても、女は現れなかった。

「やっぱり梁瀬に葬られた女や。赤子を救い出《だ》せやらなあかんが」

飴屋夫婦は夜のしらむのを待ちかねて、鍬《くわ》と鋤《すき》をかついで梁瀬の墓地にかけつけた。すると、新しい土饅頭《つちまんじゅう》の横に、先日女に貸した傘が、ポツン、と置いてあった。

「やっぱり、夢やないぞ！」
夫婦が土饅頭に近づくと、土の下から、
〃ねんねんしゃれませ、
まだ夜が明けぬ。
あけりゃお寺の鐘がなる……〃（梁瀬の子守唄より）
子をあやす唄声と、おギャ〜、おギャ〜と、赤子の泣く声が続く。
「昨夜《よんべ》は飴を買いにこんかった。赤子はまる一日以上、何《なん》も口にしておらん。
ほやから母親があんなにあやしても腹をすかいせ、泣いているのや」
「ほんならなおのこと。はやよう、助けたろう」
飴屋夫婦が急いで墓地を掘りおこすと、棺桶《かんおけ》の中で、女に抱かれた男の赤子
が泣いていた。
こうして助け出された子は、飴屋夫婦に大事に育てられた。後《のち》にその子は、
京都の高台寺《こうだいじ》で名高い坊さんになったと言われている。
その後、この飴屋は、何代にもわたって繁盛したという。

注1・愛知川宿と無賃橋

愛知川宿は江戸時代、日本の五街道の一つ「中山道」が通り、宿場町として発展していた。現在でも常夜灯や脇本陣の石碑が当時のなごりをとどめている。中山道と交差する愛知川はその昔、濁流に多くの人馬が呑み込まれた。その苦難を見かねた成宮弥次右衛門が天保二年(一八三一)に、当時まれにみる通行料をとらない「無賃橋」を完成させた。無賃橋は歌川広重の木曾街道六十九次にも描かれている。橋のたもとには祇園神社があり、愛知川を守る水神として、また、交通の安全を守る神として祀られている。

お菊むし

「申し訳ございません」

侍女《じじょ》のお菊《きく》が二つに割れた皿を彦根藩士・孕石政之進《はらみいしせいのしん》の前に差しだした。

この皿は初代孕石源右衛門《げんうえもん》[注1]が、大阪夏の陣で主家・井伊《いい》家の旗奉行《はたぶぎょう》として出陣し、華々しい戦果を挙げた後に壮烈な討死《うちじに》を遂《と》げた功により二代目当主・孕石備前守秦時《びぜんのかみやすとき》が五百石の禄をうけたうえに「これは上様（徳川家康）から拝受したものである。これを授けよう」

と井伊家から拝領し、重代《じゅうだい》家宝としてしまってあった、十枚一揃えの中国古来の白磁《はくじ》の皿であった。

その一枚を、お菊が割ってしまったのだ。

「な、なんたることを……」

政之進の顔から血の気がひいた。

「あれだけ大切にしまいこんでいた皿である。それを言いつけもしないのに一枚だけを取りだして落とすなど、どういう魂胆《こんたん》があっての不始末《ふしまつ》じゃ」

「申し訳ございません」

「申し訳ないでは納得《なっとく》いかぬ。その所業《しょぎょう》を有り体《あてい》に申せッ」

政之進はお菊に迫った。すると、お菊は、

「じつは、殿のお心を……」

「なに！　試《ため》そうとしたと申すのか！」

あまりのことに政之進の頭に血《ち》が遡《さかのぼ》った。


お菊は足軽の娘で、三年まえ、政之進の父の看病のために孕石家へ入った侍女であった。ところが、時を経ずして父が亡くなった。早くに母を喪《うしな》った政之進はまだ、年若く独身であった。身分に違いがあるとはいえ、同じ屋根の下で暮らしている間に、政之進とお菊はそのけじめを越えて、いつしか愛し合うようになった。

「もはやそなたを放すまいぞ」

「どこまでもついてまいります」

夜毎《よごと》、ふたりは愛を確かめ合い、ますます深い仲になっていく。

ところが、父・秦時が生前に藩内の釣り合いのとれた家柄《いえがら》の息女と政之進をいっしょにさせる約束をとり交わしていたというではないか。

相手の家中からは、

「父上を亡くされてご不自由でござろう。早く輿入《こしい》れさせていただきたい」

と、やいのやいのと催促がくる。世話焼きの身内の伯母からも、「はやく、はやく」と、引切《ひっき》りなしに言ってくる。

政之進は、「そのうちに……」はっきりと断ることもせず、ずるずるとナマ返事をくりかえしていた。伯母は、「なぜですか？　わけを話してくだされ」と、しつこく詰め寄ってくる。かといって、お菊との仲を話すこともしがたく、政之進は思案《しあん》にくれていた。

こんな会話を耳にするたびに、お菊は気が気でない。

「わたしとの約束は必ず守ってくださいますね」

と、政之進にただす。

「心配するでない。菊の他に妻は持たぬぞ」

それでもお菊は気がやすまらない。枕を共にするごとに、

「先方《さき》さまに理由《わけ》を話して、きっぱりと破談《おことわり》してくださいませぬか」

と頼む。ところが政之進は、

「ふむ、ふむ。折に触れ、そのうちに」

ナマ返事をくりかえすばかり。死んだ父親がきめた婚約である。そう簡単に事が運ぶものではなかった。

こうなると、ますますお菊は不安になり、政之進の胸に顔をうずめては涙を流す。

「でも、やはり……あの方と……」

「そうではない。おまえのほかに妻は娶《めと》らぬ」

政之進は菊をなだめすかす。

「そうは言ってくださいますが、はたして、本心でわたしを妻にと……」

あさはかなのは人の心、お菊は思案《しあん》のあげく、政之進の本心を確かめようと、

「大事になさっておられる家宝のあのお皿、わたしとどちらが大切なのか」

割れば殿のご本心がわかる。まことの愛をお示しくださるならば、黙ってお許しくださいましょう。もしや、きついお叱《しかり》を受ければ——

お菊は政之進の本心をスクリーニング(screening)したのだ。その意味は条

件に合うものをふるい分《わ》けることである。こんな軽佻《けいちょう》浮薄《ふはく》な考えで、お菊は大切な皿の一枚を故意《こい》に割ってしまったのだ。

「もしやそなたと一緒になれぬとあらば、家も捨て、侍《さむらい》身分《みぶん》も捨てようと考えておった。なのにわしを疑い、こんな心試しをしようとは……。あやまって割ったとあらば許しもできよう。それを自分勝手な考えで、たった一枚の皿と拙者《せっしゃ》の心を秤《てんびん》に掛けるとは。男の真心が信じられぬのか」

逆上《ぎゃくじょう》した政之進は、

「お菊、そこになおれッ」

と、刀の柄《つか》に手をかけたが、

「八方《はっぽう》をよく見渡せる女でありとうございました……」

お菊の今《いま》の際《きわ》の言葉に、政之進は、ハッ、とした。

「……わしは菊をそこまで、……悩ませておったのか」

政之進はそう呻《うめ》くと、高々と振り上げた大刀をその場に放り投げ、ものも言わずに奥の間に閉じこもってしまった。

「なぜに、お斬《き》りくだされぬのか……」

お菊は政之進の刀を床の間に納めると、その場へ泣き崩れ、

「これほどまでに寵愛《あい》してくださった殿の真心を、何ゆえ信ずることができなかったのか」

そして、その夜、

「わたしはなんと浅はかな女でしょう。もはや殿にあわす顔がございません」

と、お菊は屋敷の井戸に身を投げて果《は》てた。

寛文《かんぶん》四年（一六六四）の春であった。

「なまじ、この皿があったがゆえに、恋《いとお》しい菊を死なせてしもうた。もはや孕石家にこれは必要《いら》ない」

政之進は刀の柄頭《つかがしら》で残りの皿を打ち砕《くだ》いた。そして、

「菊よ、ここは四方八方がよく見渡せるぞ」

と、お菊の実家のそば、東近江の八風峠《はっぷうとうげ》に『お菊神社』を祀った。そして、出家すると生涯、お菊の供養をする旅をつづけて駿河《するが》で亡くなり、孕石家は断絶した。

割られた皿は、お菊の母が拾い集めて供養のために、彦根後三条《ごさんじょう》の長久寺《ちょうきゅう》に奉納した。現在、皿は継ぎ合わされて六枚だけが寺に残っている。

その後、孕石家の古井戸に、後手《うしろで》に縛られたような格好の「むし」が出るようになった。それは政之進の怒りに触れたお菊の姿だとも、他の女性が政之進に近付かないように、お菊が監視している姿だ、とも噂された。

人々はそれを「お菊虫」と呼んだ。

一説には寛政七年（一七九五）に大量発生した、ジャコウアゲハの幼虫であったともいう。

注1・孕石源右衛門

初代孕石源右衛門（?～一六一五）は駿河出身で、武田信玄の家臣であった。元亀元年（一五七〇）、駿河の花沢城合戦で一番槍を果たし、その功を評価されて山県隊に配属されたが、武田家が滅亡したため井伊直政に禄がえし、慶長五年（一六〇〇）の関が原の合戦や、大阪冬の陣にも出陣した。そのたびに、めざましい武功をたて、主家の信任厚く、千五百石の旗奉行となった。元和元年（一六一五）の大阪夏の陣で討死《うちじに》する。

君が袖振る

四方《よも》の展望がよく利く船岡山《ふなおかやま》に幔幕《まんまく》が張りめぐらされ、その頂《いただき》に御座所《ござしょ》が設《しつら》えられた。

時は天智《てんじ》七年（六六八）五月五日。

皇太弟《ひつぎのみこ》の大海人皇子《おおあまのおうじ》をはじめ、諸王《おほきむたち》、内臣《うちつまへつきみ》ならびに群臣《まへつきみたち》ことごとく従え、天智天皇《てんのう》が御座所におつきになった。

「さて、諸王、思う存分腕をふるい、朕《ちん》にその獲物を見せよ。采女《うねめ》どもは薬菜を採りて、夕餉《ゆうげ》に備えよ」

雲ひとつない鈴鹿《すずか》の山稜《さんりょう》を駆け登った陽光が、蒲生野《がもうの》を包みこむ。

薬猟《みかり》がはじまった。薬猟は山遊び、野遊びがもととなって一年間の五穀豊穣・無病息災を願う、宮中恒例の行事である。

宮人たちはおもいおもいに、獲物をもとめて蒲生野に散っていった。

大海人皇子は白馬にまたがり野を駆け、潅木《かんぼく》の陰からとびでた鹿を強弓でしとめた。

「お見事でございます」

従者が駆け寄り、素早く鹿茸《ろくじょう》（袋角）[注1]を切り、獣肉を処理していく。

大海人皇子は再び駆けだした。すると、川沿いで薬草を摘む女官《にょかん》たちの姿が目に飛びこんできた。

「おう！　あれは額田《ぬかた》姫王《のひめおう》の女官たちであろう。しばらく姫王には逢っておらぬ。お逢いしたいものよ」

大海人皇子は袖《そで》をなびかせ、こぶしを天に差しあげ、川辺に向けて馬を走らせた。蒲生野の昼下がり、陽光の中に額田姫王を見出したとき、大海人皇子は耐えに耐えていた想いが、胸のうちより込みあげた。

「額田姫王よ、ここにおられたのか」

大海人皇子が声をかけると、

「大海人皇子ではございませぬか！　お久しい」

春の花が一度に咲いたような笑みが、額田姫王の顔からこぼれた。

「そのつややかな黒髪、はじめてあったあの日と同じ柔らかな肩つき、うるんだ眼差《まなざ》し、その色香。年をとることを、お忘れになられたようだ」

「ホホホ、そのようなご冗談を……」

額田姫王の素性は詳《つまび》らかではない。一説には、近江の豪族・鏡王《かがみのおう》の娘で、豊満な肢体に整った美貌、さえた頭脳、豊かな歌才の持ち主だったとされる。大海人皇子に見出され、宮廷歌人として素晴らしい才能を発揮するが、やがて、ふたりは恋におち、十市皇女《とおちのひめみこ》が産まれた。ところが、美貌と才知が二人の前途にただならぬ暗雲をもたらす結果になった。額田姫王が天智天皇の后《きさき》に召されたのである。

女官たちは互いに目配《めくば》せして、

「あちらにて、菜を摘んでまいります」

気を利かせて遠ざかっていった。

額田姫王の横に、大海人皇子が腰をおろした。

「かように二人きりで話をするのは、亡き母上（斉明天皇《さいめいてんのう》）と紀州へ行幸《ぎょうこう》して以来のこと、それから幾星霜《いくせいそう》がながれたことか。わたしは一時も、あなたのことを忘れたことはありませぬ。ふたたび、わたしのもとへもどることはかなわぬことでございましょうや」

思いがけない大海人皇子の言葉に、額田姫王は顔を赤らめた。すでに三十路《みそじ》を過ぎたとはいえ、ながらく忘れていた若々しい感情《おもい》が再び、よみがえってくる。だが、額田姫王は静かに首を横にふり、

「時が経ちすぎました。今やわたしは大帝《みかど》の后《きさき》です。もはや、もとへ戻れるはずはございません。それにあなたさまは皇太弟、やがては大皇《だいおう》におなりの御身、大帝もそれを望んでおられます」

当時の慣わしでは、皇太弟が次の天皇と決まっていた。大海人皇子は、額田姫王から視線をはずした。その胸中には今も、天智天皇へのわだかまりが根強く残っていた。

「いや、兄帝《みかど》は皇子《みこ》の大友皇子《おおとものおうじ》に皇位のお譲りをのぞんでおられます。兄帝の考えておられることは、わたしにはわかりませぬ。あの時もそうであったように……」

大海人皇子は表情を曇らせ、朝鮮半島で起こった戦いの様子を口にした。大海人皇子と姫王のあいだに十市皇女が生まれてまもなくのことであった。朝鮮半島では新羅《しらぎ》の勢力が躍進し、百済《くだら》を窮地に追い込んでいた。百済は我が国に

支援をこうた。それを受け入れた我が国では百済救済のため、九州行宮《あんぐう》を強行した。ところが、その翌年、斉明天皇がその陣中で崩御《ほうぎょ》された。ただちに即位した天智天皇は、この機に乗じて朝鮮半島に大和勢力の拡張を目論《もくろ》んで出征を命じた。だが、白村江《はくすきのえ》の戦いで唐・新羅の連合軍に惨敗する。この戦いで百済が滅びたため、多数の難民が日本になだれ込んできた。一説によると、大津《おおつ》京遷都《きょうせんと》は新羅の追跡を恐れた天智天皇が海路はなれた大津を選んだとも、敗戦による人民の不満をかわすためだったとも言われる。

「あの戦で、どれほど多くの優れた将兵を失ったことか」

大海人皇子はため息をつき、表情を曇らせた。

「わたしは新羅の脅威から、百済を救済する聖戦だと、うかがっておりました」

額田姫王は意外だという顔をした。

「いくど兄帝にその戦いを、お留まりくださるようにと上奏《じょうそう》したことか、だが、お聞き入れくださらなかった。兄帝とは意見が合わぬ。むしろわたしを疎《うと》んじておられる。それに、わたしは大皇などになりとうはない。心配なのは我が娘、十市皇女の行く末です」

そのとき、十市皇女は天智天皇の皇子、大友皇子(生母は伊賀宅子娘《いがのやかこのいらつめ》)の后

になっていた。大海人皇子の言葉に姫王は、

「わたしは、あなたさまと大津京がますます、栄えるように願うばかりです」

心地よい薫風《くんぷう》が、蒲生野を舞った。

いつの間にか陽が西に傾きかけていた。

「薬猟はそろそろお終《しま》いでございます。みなの方、獲物をおもちくだされ」

あちこちから、食膳司《しょくぜんつかさ》の声が飛びかう。

額田姫王の女官たちも、籠に薬菜を山に盛って、戻ってきた。

「楽しい一日になりました」

大海人皇子は名残惜しそうに白馬の鬣《たてがみ》を撫で、手綱をとった。

「では、のちほど、夕餉《ゆうげ》の宴《うたげ》で」

額田姫王の微笑《えみ》に送られて、大海人皇子は白馬に一鞭あて、疾風《しっぷう》となって駆けだした。比良《ひら》の山並みが一瞬の夕映えの後に、青紫色にかげりはじめた。


かがり火がゆれだした。

獲物を割き、串刺しの肉を火にくべる煙があたりに立ちのぼっている。大きな器には野菜や肉が、山になって煮えたぎっていた。

あちこちに設けられた臣下の幕の中から喧騒の声、酒を求める声が飛びかった。侍女たちが酒の器をかかえて、

「酒だ！　酒……」

と呼び求める声に、駆け巡っている。

御座所の幕内も、天智天皇を中心に宮人たちが、多くの野菜や肉が盛られ、酒が置かれた座をかこんで宴の開始をまっていた。ややすると、天皇の祝詞《みことのり》が幕内に浪々とよみあげられた。

「この豊猟を天地の神々に感謝せよ。そしてこの尊い贄《にえ》たちの魂をわれらのものにしようではないか。いざ心ゆくまで飲まん」

宴が始まった。

肉を頬張り、酒をのみ、やがて膝が緩みはじめたとき、

「楽しき遊宴には歌がつきものよ。たれぞ、詠《うた》うがよい」

天智天皇がお申しつけになった。

喧騒が一瞬、沈んだ。誰も立ち上がる者がない。すると天智天皇は、片脇の額田姫王にお命じになった。

「額田姫王よ。まずは、歌の口火を切るがよい」

額田姫王は、やや戸惑った様子だったが、すぐに立ち上がり、楽人《がくじん》に伴奏を請い、高らかに詠いだした。

あかねさす紫《むらさき》野《の》行き標野《しめの》行き野守《のもり》は見ずや君が袖振る（茜草指。武良前野逝。標野行。野守者不見哉。君之袖布流）――注2

瞬時に、満座は静まり返った。

人々の視線が天皇に集中する。

天皇はすでに昼間の二人の出会いをご存知だった。その意図《いと》を糺《ただ》そうと思っておられた矢先であったが、額田姫王が、

「五月の陽光が燦燦《さんさん》と照るまばゆいばかりの紫草の御料地で、皇太弟がわたしに手をお振りになられるのを、野の番人に見つかって大皇の逆鱗《げきりん》にふれるのではないかと心をいためております」

と額田姫王が詠ったので、天皇は安堵されたのだろう。

「おう！　さすがは額田姫王よ」

すぐに表情を緩められ、

「皇太弟よ、返歌を」

と命ぜられた。天皇と大海人皇子、額田姫王の三角関係を知らぬ者はいない。

どうなることかと座は緊迫した。

大海人皇子がたちあがった。

久々《ひさびさ》に愛《いとお》しい額田姫王に逢い、袖を振らずして、どうして、そ知らぬ顔ができようか――

胸の奥でつぶやいた。そして、次の返歌を詠みあげた。

紫草《むらさき》のにほへる妹《いも》を憎《にく》くあらば人妻故に我れ恋ひめやも（紫草能爾保敝類妹乎爾苦久有者。人嬬故爾吾恋目八方）――

その意味は、「紫色の美しい衣をまとわれた、あでやかな天皇のお后《きさき》です。どうして恋情《れんじょう》などございましょうや」というものであった。

大海人皇子が軽く受け流したので、人々は胸をなでおろしたのであろう、万来の拍手が沸きおこった。

「見事なり皇太弟よ。たれぞ、酒！　酒をついでやれ」

こうして蒲生野の遊宴は、いつ果てるともなくつづいた。

一説によると、この薬猟が、のちに起こる天智天皇の怪死[注3]や、壬申《じんしん》の乱[注4]の遠因になったともいわれている。

注1・鹿茸（袋角）

春先に生え始めるオス鹿の若角で、中国では歴代の皇帝や貴族など、特権階級の人々のみが飲用してきた。一日で数ミリも伸びる角の驚異的な成長ぶりは新鮮な血液と成長ホルモンの固まりで、強壮強精作用があるといわれる。

注2・万葉歌

万葉集巻一に記載されている。近江鉄道市辺駅から徒歩五分ほどのところに船岡山がある。その山頂に天智《てんじ》七年（六六八）五月五日から一三〇〇年目の昭和四十三年（一九六八）五月五日にその万葉歌碑がたてられた。

注3・天智天皇の怪死

蒲生野遊猟の三年後の天智十年（六七一）、大津の西、山科の野で遊猟中、天智天皇が木靴の片方を残されて、消息不明になられた。そこでここを陵墓にしたのが京都山科の御陵《みささぎ》である。今も、その陵墓の前に「御沓石」という、一つの石が置かれている。

注4・壬申の乱

弘文元年（六七二）、天智天皇の子・大友皇子（弘文天皇）と天智天皇の実弟・大海人皇子のあいだの皇位継承権をめぐる約一ヶ月間に及ぶ内乱。吉野宮に隠棲していた大海人皇子は天智天皇の死後、倭《やまと》古《こ》京《きょう》を占拠、近江勢多で大友皇子軍を大破し大友皇子を自害させた。翌年の正月に即位し、天武天皇となった。以降、律令制的国家体制の導入によって天皇への権力集中がはかられ、人民支配が強化された。なお、額田姫王と十市皇女は天武天皇の都、大和の宮原に行ったという。

駒寺のおなべ石

東近江神田町駒寺《こまでら》の旧家の植込みの一隅に六十センチ四方、高さ三十センチほどの「鏡塚《かがみづか》」と呼ばれる石積みがあり、その上に頭大《あたまだい》ほどの石が祀られている。村ではそれを「おなべさん」と呼び伝えて、香華や水を供えて礼拝を絶やさない。

村の古老はこの塚の石について、次のように語る。

「わしらが子どもの頃や。夏のはじめになると、其《ほ》の塚の石にフクガエル言《ちゅ》う大《いか》いカエルが棲みついとって、夜ごとに奇妙なコエで啼《な》いとってな。子どもらが悪《わる》さをしたり、ぐずったりすると、家《ええ》の者《もん》に、『ほれ、おなべさんが悲しい言《ちゅ》うて、泣いてやはるで』とおどかされて、気色悪《きしょくわる》うて、すぐにおとなしゅうなったもんや。村の伝承では、織田信長の側室《そくしつ》に『お鍋《なべ》の方《かた》』と呼ばれた女《ひと》がおって、その人《いそ》に纏《まつ》わるもんやと言《ちゅ》うことや。なんでも信長には沢山《ようけ》の側室がおったそうやけんど、唯一《ゆいいつ》実名が判明しとって、信長が最も気を許した愛妾《めかけ》やったんやそうやて」

そのお鍋の方、小田（旧野洲郡北里村）の豪族・高畠源兵衛《たかはたげんべえ》の四女で、幼少の頃より才知に長け、人々から「小田小町」と評されるほど容姿秀麗な娘であった。そのお鍋が婚期を迎えて嫁したのが、近江の守護・佐々木六角氏の被官で永源寺村の高野館に住まう、小椋右京亮《うきょうのすけ》実澄《さねずみ》だった。

当時、右京亮は相谷に関所を設けて伊勢に通じる八風街道の実権を握っていた。街道は大規模な商隊を組んだ山越商人[注1]たちの往来で賑わい、関所には多額の役銭（通行税）が入った。右京亮はその財力を活用し、藤切《ふじきり》川上流の水を引く堀越井《ほりこしゅ》の工事を完成させていた。それにより山上在、南一帯の丘陵《きゅうりょう》地帯は広大な美田に変わり、ますます財政は豊かであった。

お鍋はそういう生活基盤に支えられ、夫婦仲も良く、長男・甚五郎《じんごろう》、次男・松千代《まつちよ》の二児を儲け、武将の妻として、かいがいしく立ち働く日々を送っていた。この頃が、お鍋にとって最も充実した人生だった。時代が戦国の世でさえなければ、お鍋の人生は順風漫歩《じゅんぷうまんぽ》、悲運など、ほど遠い生き方ができたはずであった。

そのお鍋の人生に悲運を背負わせたのが他でもない、飛ぶ鳥を落《お》とす勢いで近隣諸国を切り従えていた織田信長《おだのぶなが》だったのである。その頃、信長は伊勢北部を平定し、京や堺の様子をうかがうために八風街道をしばしば利用していて、右京亮に危ないところを幾度も助けられるという交友関係にあった。

その信長に、上洛のための絶好のチャンスが訪れた。

室町幕府第十三代将軍足利義輝が三好三人衆と松永久秀らに攻め殺されるという争乱が起こったのである。義輝には嫡子《ちゃくし》が無く、実弟の義昭が次の第十四代将軍になるはずであった。

ところが、三好三人衆と松永久秀らはいとこの義栄を次期将軍に担ぎ出したため、双方が激しく対立。身の危険を感じた義昭は、北国の雄・朝倉義景のもとに避難し、その勢力をバックに次期征夷大将軍の座をねらうべく虎視眈々《こしたんたん》と準備をすすめていた。だが、肝心の当主・朝倉義景が動こうとしない。

そうこうするうちに、義栄が第十四代将軍の座についてしまった。この報《しら》せに業《ごう》を煮《に》やした義昭は、供の者らと密かに朝倉のもとを去った。そして、破竹の勢いで領土を拡充していた織田信長に援助を求めたのである。

上洛を狙っていた信長も、「武力だけで上洛すれば犠牲が多い。義昭公を奉ずれば上洛のための良き口実ができるというもの」と、双方の利害が一致し、これを快諾《かいだく》。永禄十年（一五六七）、義昭を押し立てて、上洛作戦を開始した。

ところがその大事業の障壁となるのが隣国、近江の守護・観音寺城城主の佐々木六角承禎《しょうてい》である。承禎は現将軍の足利義栄を手中にする三好三人衆や松永久秀らと気脈を通じていて、信長とは対立の立場を表明していた。

そこで信長は、義昭の使者に自分の家臣を添えて、「領地の安堵と京都所司代の地位を与える」ことを条件に、承禎に協力するよう説得した。

ところが承禎は、

「成り上がり者の信長など、とるにたりぬ虚《うつ》けじゃ」

と、信長の懐柔《かいじゅう》を無視した。

一方、お鍋の夫、小椋右京亮は、それからも密かに織田信長と親交を深めていた。その裏には、佐々木六角家の内紛[注3]が尾をひき、右京亮も他の家臣たちと同様に六角承禎に対する忠誠心が薄れていた。そんなこともあり、

「信長の手のうちの者が通れば、かならず打ち取れ！」

という承禎の意に反し、右京亮は永禄元年（一五五八）、織田信長が部下八十余名を従えて東近江に入り、京近江の情勢を探っていた。それを探知した

六角軍が追跡急、危険を察知して逃走する織田信長を雨の八風街道越えで伊賀に抜ける道に手引きしていたのである。

六角承禎はそれを知り、激怒した。

「右京亮奴《め》は奸賊腹《かんぞくばら》じゃ。織田信長に密通しおって、許せぬ。成敗してくれるわ」

と、家臣の蒲生定秀《がもうさだひで》に命じて右京亮を攻めさせた。

右京亮は信長に救援を求めたが、援軍が到達するまでに、あれほどまでに守りを固めていた永源寺が焼け落ち、最後の砦・出城の八尾城も落城。右京亮は炎上する城中で自刃し、長男の甚五郎と二男の松千代は蒲生定秀に捕えられ幽閉されてしまった。

「子供たちを取り戻さなければ、小椋家の再興もままならない」

お鍋は、わが子を救《すく》わんがため、親交のあった信長に救援を求めて岐阜城に赴いた。目どおりした信長は、お鍋をひと目みて、目を見張った。娘のころから「小田の小町」と評判されたお鍋である。右京亮に嫁し、二人の子を授かってからも、そのあでやかさは増すばかり。

「北に浅井のお市の方、南は小椋のお鍋の方、と、民が噂をするのもむりからぬことじゃ。まさに聞きしに勝る、美しさよ」

と、信長は絶賛した。

「右京亮どのをお助けすることはできなかったが、宿敵・佐々木六角承禎は必ずや打ち滅ぼしてみせる。そして、ふたりのお子を無事に取り戻し、わが家臣に取り立てよう」

と、お鍋に約束した。

永禄十一年（一五六八）九月十二日、信長は徳川家康の援兵と、尾張・美濃・伊勢などから集めた二万有余の大軍で東近江に侵攻。一夜で支城の箕作城《みつくりじょう》を落城させた。それに恐れをなした六角承禎は夜陰にまぎれて城から遁走《とんそう》。本城の観音寺城はあっけなく無血開城。その時に蒲生賢秀も信長に降り幽閉されていた甚五郎と松千代の二児も無事に助けだされた。そして約束通り、ふたりは信長の家臣に取り立てられた。また、この勢いに乗じて信長は、ただちに京にはびこる松永久秀らを撃破。傀儡《かいらい》将軍の足利義栄を阿波へ追いやり、義栄はそこで病死する。ついに信長は、念願の上洛を果たし、第十五代将軍足利義昭を誕生させて、自らはその後見役に就いたのである。

それからのお鍋は栄華の頂をいく毎日であった。やがてお鍋は、側室として信長との子「信高《のぶたか》、信吉《のぶよし》」の二男を生んだ。そして、天正四年（一五七六）、信長はお鍋の口添えもあり、お鍋の実家、小田の高畠源兵衛の領地に近い安土山に天下布武の拠点として、安土城をたてた。

「おまえの口切《くちきり》でよきものができた。褒美《ほうび》じゃ」

信長は小田に別業《べつぎょう》(別荘)を構えて、お鍋に与えた。館のまわりには堀がめぐらされ、栄華《えいが》を極めた館からは弦歌《げんか》のさんざめきが漏れ、満々とたたえた水の上には屋形船が浮かび、天下統一の大事業にいたく心労した信長は、お鍋の膝枕で心身を養いながら、こころ静かな夢のような日々を過ごしていた。そしてお鍋はこの館で長女の於振《おふり》を生んだ。

この頃のお鍋の栄耀《えいよう》を、

「なんと、お幸せなお方さま」

と人々は羨《うらや》み、

〝小田はよいとこ♪

お鍋の方が、とのをまねいたことがある♪〟

と、子守唄に組み歌いつがれて、今に残るほどであった。

ところが、満つれば缺《か》くるが世の習いと言う。

天正十年（一五八二）五月の暮れのこと。

小田の別業、お鍋の館に信長が顔をだした。

「サル（後の豊臣秀吉）が中国攻めに難儀して、わしの出陣を請うておるわ。支援に行ってやらねばなるまいよ。松千代はいまだに戦を知らぬゆえ、今回が初陣じゃ。同道させるぞ」

松千代は先夫・小椋右京亮の間にもうけた次男で、いまだ童顔の残る十六歳。信長の小姓を務めていた。

お鍋もやはり人の親、初陣に出るわが子が心配でならない。

「なーに、まごまごしておるサルの尻を蹴飛ばしに行くまでのことよ。心配は無用じゃ」

こうして松千代たち十八名の小姓組を隊に加わらせ、五月二十九日、信長は安土城を出立した。この時、お鍋の目にうつった二人の勇姿が数日後に永遠の別れになろうとは、誰が予測できたであろうか。

信長が安土を出立してまもなくの六月二日、お鍋は信長の留守居の間に、松千代の初陣を先夫の墓前や帰農している旧臣たちに報告しておこうと、小田の館を出立して高野に向かっていた。その道中、東近江の駒寺村を通りかかった。

「おお、ここはふみの実家がある村じゃ。久しくあっておらぬゆえに、ちと寄っていこうぞ。息災にしておろうかのー」

ふみはお鍋が高野館の右京亮のもとに嫁ぐとき、実家の母が生まれてくる子の育児の手助けや教育係にとつけてくれた、元侍女《もとじじょ》である。そのふみが世話をしていた甚五郎と松千代が蒲生賢秀の人質になり、お鍋が「小椋家再興」を願って岐阜の信長のもとに赴くことになったのを契機に、ここ駒寺村に宿下《やどさ》がりしていた。それ以来、ふみとは疎音《そいん》にうち過ぎている。

それになお、お鍋には気がかりなことがあった。それは、この村に高麗寺という七堂伽藍を有する大寺院があった。村人からも篤く信仰された寺だったが、鯰江一揆[注2]の折、寺が湖東の百済寺と共に信長に反抗したため、焼き討ちされて荒廃。天を突くような大伽藍《だいがらん》も三重の塔もすでに崩れ落ちていた。信長の側室であるお鍋に仕えていたふみは、さぞや村で肩身の狭い思いをしているに違いないと、

「ふみのためにも、なんとか高麗寺の修復をしてやりたいものよ、その時がくれば少しは力になってやろう」

と考えながら、ふみの実家の前に輿《こし》を着けさせた。供の者の計らいで、ふみ

はすでに庭先まで迎えにでていた。

「お方さま……おなつかしい」

ふみは晴れやかな笑みをたたえ、お鍋の足元にかしずいた。

「何をそのような仰々しい、さぁさ、立って、そなたの顔を見せておくれ」

お鍋が腰をかがめて、ふみの手をとった、その時であった……

「た、大変でございます」

留守居をしていた家臣の一人が、お鍋一行の後を息せき切って追ってきた。家臣の顔は引きつっている。ただごとではなさそうだ。

「どうしたのですか」

と、お鍋は尋ねた。すると、

「今朝卯《う》の刻《こく》(午前六時頃)、明智《あけち》日向《ひゅうが》守《のかみ》光秀《みつひで》さまが謀反。京の本能《ほんのう》寺で松千代さまがお館さまとともに、御生害《ごしょうがい》」

信長を護《まも》って小姓組たち一八名も奮戦したが武運つたなく、本能寺は火炎に包まれ、織田信長以下全員が討死したという。

「松千代さまが……お果てられになられたと……、お、お戯れを」

ふみにすれば生まれた時からわが子のように可愛がってきた松千代である。

はなしを聞いたお鍋もふみも、それがまことであるといわれても、信じられるものではない。ふたりはしばらく、きつく唇をかみしめていたが、やがて、

「ウォーッ」と、生け垣のそばの塚におかれた石に取りすがって泣き崩れた。

　この石こそ、ふみが今朝方、小さな塚を築いて割れた鏡をそこに埋め、その上に置いたばかりの石であった。

　その鏡とは、お鍋が岐阜の織田信長のもとへ赴く直前、

「武士の魂《たましい》が刀《かたな》なら、女の魂は鏡《かがみ》。小田の母から頂いた大事なものだが、今日をかぎりにこれを割り、武将の妻たる女をすてる」

　と告げ、お鍋が鏡を割ろうとしたのを、ふみが、

「小田のおこひち（お鍋の母の尊称）さまの口添えで小椋の侍女にさせていただきましたわたくしにとりまして、何にもかえがたいこの鏡。どうぞ、わたくしにおさげ渡しくださりませ」

　と願い出たので、お鍋がふみに与えたものであった。それが今朝方、ふみが鏡を覗けば、鏡面に大きなひびわれ。鏡は割れるとすぐに処分するのが習わしだ。

「なんぞ不吉なことが起こらねばよいが、いそいで埋めねばならぬ」

ふみは庭先に塚をつくって、割れた鏡を埋め、その上に石を置いた。それが「おなべさん」と呼ばれ、駒寺に今も残る鏡塚の石である。

それからのお鍋の身に、不幸が次々と襲ってきた。

天下の情勢は急変する。織田家中で誰よりも先に謀反人の明智光秀を「山崎の合戦」で打ち滅ばした羽柴秀吉（後の豊臣秀吉）が、信長の直孫で三歳の三法師（織田秀忠の子。秀忠は本能寺の変で自刃）を担ぎだし、「上様の跡目は、三法師さまでご異議ござるまい」と強引に決め、自らがその後見の座を手中にして実権を握ったのである。

すると、それまでお鍋に傅《かしず》いていた侍女どもまでが、あからさまに、

「たかが側室じゃないか」

と反目して離れていった。

悪いことは続くもので、加賀の松任《まつとう》城主になっていた長男の甚五郎が、「狂死した」との知らせが届けられた。だが一方で、「豊臣秀吉と柴田勝家の争いに巻き込まれ、思い悩んだ末に、近江の寺で出家をした」とか、「行方不明になった」との噂がたった。だが、家臣たちは誰一人、その噂の真意を確かめよ

うとせず、口にする者さえなかった。それが真実なら、主君の出奔を止められなかった重臣たちはみな、その責任を問われて処罰される。それを恐れて、「城主狂死」に仕立てた可能性が高い」と、お鍋は思えてならなかった。当時は、「城主狂死」ということにすると、家臣は罰せられなかったからである。

この事件によって、お鍋と小椋右京亮の間に儲けた二人の男子は途絶えた。武将の妻である女を捨ててまでも信長の側室になり、

「必ずや、小椋のお家の再興をはたしてみせる」

と願ったお鍋のその望みも、槿花一朝《きんかいっちょう》の夢に終わってしまったのである。

だが、三男の信高と四男の信吉は織田信長の実子ということもあって、豊臣秀吉から近江愛知郡菩提寺村、神崎郡山上村の計二〇〇七石を信高に、四男の信吉には神崎郡高野村、犬上郡宇尾村など計二〇〇〇石が与えられた。そして、お鍋は信吉に与えられた小椋右京亮の旧領地の高野館に移り住み、帰農した旧臣にも囲まれて小さな幸せを手に入れたかに思えた。

ところが、秀吉の死後、信高、信吉の兄弟は慶長五年(一六〇〇)の関ヶ原の一戦で石田三成《いしだみつなり》にくみして破れ、領地は徳川家康に没収され、またたくまに浪々の身となってしまう。それを苦にした信高が慶長七年(一六〇二)に死去。

信吉は永源寺村高野に蟄居《ちっきょ》を命じられた。さらに、長女の於振《おふり》は徳川家康の従兄弟にあたる水野忠胤《ただたね》に輿入れしていたが、慶長十四年(一六〇九)九月、忠胤が茶会の席で囲碁の勝敗をめぐって刃傷事件を起こし、十月十六日、忠胤は、家康から死罪を申し渡されるなど、お鍋の晩年は子供のことでも惨めであった。

やがて、お鍋は有爲轉變《うるてんぺん》の世をはかなみながら京都に移り住み、慶長一七年(一六一二)六月二十五日、数奇な運命を呪いつつ、六十九歳の波乱の生涯を閉じた。法号は「興雲院月燐宗心大姉《こううんいんがつりんそうしんだいし》」と言う。

「光秀の謀反さえなかったなら……」

死んでもお鍋の妄念《もうねん》は消えがたく、いつしかその怨念《おんねん》がカエルの姿になって、毎年信長が討たれた六月頃になると、駒寺の「おなべさん」に棲みついて、怪しくも悲しげな啼き声をあげるようになったという。

安土城址近くの小田にも、これによく似たハナシが残っている。

村の東北にある「お鍋の屋敷跡」といわれる小高い塚に、「おなべ松」と呼ばれる松の古木があった。この松には、「信長を暗殺した仇を憎みながら死んだお鍋の妄念が白い蛇の姿になって棲みついている」と言われ、これを切ろうとしたり、あたりを掘ったり、妄《みだ》りに触ったりすると、発熱したり、体がしび

れたりするという。

それを里人は、「白蛇のたたりや」と恐れている。その古木は枯れたのであろうか、現在は、若い数本の松が塚の上に茂っている。

筆者がおなべ石伝承の取材で得た情報に、「現在、フィギュアスケート界で活躍中の織田信成《のぶなり》選手は、お鍋の方の三男の信高系で、お鍋の方から数えて十七代目の末裔」とのことで、ちょっと驚き。

注1・山越商人

鎌倉、室町の頃、近江と四日市を結ぶ三重県菰野町千種から根ノ平峠を越え、東近江永源寺の甲津畑までの「千種越え」と、近江と桑名を結ぶ菰野町田光から八風峠を越え、永源寺町杠葉尾までの「八風越え」があり、そこを往還する商人群。彼等は保内の野々郷(現八日市市金屋、中野、今崎、蛇溝、市辺、小今、)三津屋、玉緒そのほか石塔、沓掛、小幡などの人々で、山越商人と呼ばれた。東海地方の産物(主に麻の苧・紙・木綿・土の物・塩・曲物・油草・若布・鳥類・海苔類・荒布・魚類・伊勢布など)を持ち帰り、近江や京都で販売した。この頃の商人は、後世の近江商人のように、一人か二人が天秤棒を担いで行商をするというのでなく、多人数がキャラバンを組んで行動していた。応仁二年に京都の僧が千草越で道づれとなった近江商人の一行は、「荷を担ぐもの百余人、護衛の者六、七十人、荷を積んだ駄馬はその数を知らず」という盛んなものであったと書き残している。商人のほかに、「千種越え」では、文明五年（一四三七）の蓮如上人、弘治二年（一五五六）の公家山科言継、元亀元年（一五七〇）の織田信長などがあり、「八風越え」では、大永六年（一五二六）の連歌師宗長、天文二年（一五三三）の山科言継、弘治三年（一五五七）の六角義賢、永禄二年（一五五九）の織田信長などと記録が残っている。このように、多くの人々の通行で賑わった峠越えも、やがて東海道や中仙道の宿駅の整備、信長による安土城下での楽市の開設と、山越商人の通行禁止令などによって衰退した。

注2・鯰江一揆

観音寺城の落城から五年後の天正元年（一五七三）四月、佐々木承禎、義治親子は信長にその座をおわれた足利義昭を奉じ、浅井、朝倉の残党や、焼け打ちにあった宗門と謀って、鯰江城に立てこもって一揆を起こした。城主は鯰江満介貞景《みつのすけさだかげ》である。この時、四周の百済寺や高麗寺・広間寺もことごとく焼き払われた。それを攻めた織田軍の先軍は蒲生賢秀であったと言う。

注3・佐々木六角家の内紛

永禄三年(一五〇六)佐々木六角義賢・義治が登城中の重臣中の重臣である後藤賢豊父子を城門前で暗殺するという観音寺騒動が起きた。これが原因で臣下の心がバラバラになり、六角氏の弱体化が進んだ。

喋るなよ

八日市、蛇砂川《へびすな》の一本橋の袂《たもと》、大木の陰に一人の泥棒が身を潜《ひそ》ませていた。

「きょうは夏の節季《せっき》や。金を持った商人《あきんど》が通るにちがいない」

当時は商品売買の売掛金《うりかけきん》の精算《せいさん》は年に二回、二月末と八月末（盆前と年末に集金する商店もある）を「大節季」と呼んで、商人たちが得意先から集金をする習慣《ならわし》になっていた。

この泥棒はその金を狙って待ち伏せしているのだ。

そこへ大きな袋を担《かつ》いだ男が通りかかった。

「しめしめあの袋こそ、大金が入っているにちがいない」

泥棒は匕首《あいくち》の鞘《さや》を抜き、男の前にとびだした。

「ほれを渡せ！」

袋を担いだその男、

「ひぇー　泥棒や、誰かぁ〜、助けてー」

きびすを返して逃げだした。

泥棒は男の後《あと》を追う。追いつきざまに羽交《はが》い絞《じ》めにした。

「しずかにせんかい。命はないぞ！」

泥棒は脅す。それでも男は、

「だれかァ〜」

と大声をあげた。あわてた泥棒、後ろから手のひらで男の口を塞《ふさ》いだ。

するとこの男、泥棒の指にかみついた。

「痛《いて》ていッ、なんをさらすかッ」

かまれて指から血が噴きだした。泥棒はひるんで手を離した。男はまたも、

「助けてーッ！」

と叫んで逃げだそうとする。慌てた泥棒、

「このやろう！」

片手に握った匕首で男の背に、ぐさっ、と、突きさした。

「ぎゃ！」

男は断末魔の声をあげ、背からドバッと血を噴出して道の真ん中に、ぶっ倒

れて動かなくなった。

「やれやれ、あんだけ抵抗しよるのは、よっぽどの大金にちがいない」

泥棒は袋の中をのぞいて「げ〜ッ」と目をむき、のけぞった。

入っていたのは、茄子《なす》ばかり。道一面《みちいちめん》にぶちまけた。

「つい殺《や》ってしもうたが、こんな事やったら、ここまでせんでもよかったのに」

泥棒は後悔《こうかい》しながら一本橋の方をふと見ると、そばに地蔵が、ぽつーん、と立っている。

「お地蔵さんに……、見られたか」

そう思えてならない。

泥棒は地蔵の前にとんでいった。

「お地蔵さん、頼《たの》んます。今のことはダレにも喋《しゃべ》らんでくだはいね」

すると地蔵が、

「よしよし、ダレにも喋らんが、おまえこそ、どんなことがあっても喋るなよ」

と、言われたような気がした。

「ほー、なんとよう気の利くお地蔵さんや！　やれやれ、これで一段落《いちだんらく》やわい」

泥棒は安心して、その場をたち去った。

それからしばらくしたある日のこと、泥棒グループで寄合《よりあい》（会議）があった。

仲間は互いに、日頃の自慢話や失敗話に花を咲かせていた。

ところがこの泥棒には、さほど目ぼしい自慢ばなしも、失敗ばなしもない。

「気心の知れた仲間同士や。あれを話《はな》いさところで、どーってことないわい」

泥棒は自慢げに、おもしろ可笑《おか》しく、茄子を金と間違えて人を殺した一本橋の失敗話を喋ってしまった。

と、その時だ！

捕《と》り方《かた》がとびこんできた。

被害者の背後から刺し殺した「蛇砂川殺人事件」の糸口を見つけようと、泥棒仲間の寄合を事前に察知して張り込んでいたのだ。

「その件で、ご用だ！」

泥棒は、その場ですぐに捕らえられ、「お調べ」の後に処刑された。

地蔵から、

「どんなことがあっても喋るなよ」

と言われたことを守らなかった泥棒は、さぞかし後悔したことだろう。

阿育王の宝塔

時は、長保《ちょうほう》五年（一〇〇三）のこと。

中国は山西《シャンシー》省北東部に、五峰の霊山が連なる五台山《ごだいさん》[注1]に清涼寺《せいりょうじ》がある。その寺にある黎明《れいめい》の池に向かって、数人の宋僧《そうそう》が一心に祈りを奉げている。

池の水は澄み切って蒼《あお》い。その宋僧のひとりに、

「何をお祈りなされて、おられるのでしょう？」

日本から入宋したばかりの比叡《ひえい》山の学僧・寂照《じゃくしょう》がその理由《わけ》を尋ねた。

すると、宋僧はこのように語った。

「お釈迦さまが入滅されて二百年後のこと、仏法《ぶっぽう》に深く帰依《きえ》された印度《いんど》の阿育《アショーカ》王[注2]が仏教隆盛《ぶっきょうりゅうせい》を願って、八万四千基の宝塔を造り、鬼神に命じて仏舎利《ぶっしゃり》（釈迦の遺骨）を納めて十万世界に撒布《さっぷ》させ給《たま》われたのです。そのうちの二基があなたの国へ飛来し、一基は淡海《あふみ》（琵琶湖）に落ち、もう一基は蒲生の渡来山《わたらいやま》に

到達しています。その宝塔の影が朝日をうけて、この池の水面に映りますので、それに礼拝しているのでございます」

寂照は話を聞きおえて、

「なんと！　そんなに尊い宝塔が比叡《ひえい》のお山の足もとに飛来していたとは！」

いかにこの事実を、わが国へ伝えるべきか――

気が逸《はや》った。だが、入宋したばかりで、仏道修行の身、すぐに帰国はかなわぬこと。思案にふける寂照が、ふと足元に目をやると、谷川の流れがある。

「おお、そうじゃ！」

寂照は妙案を思いつき、ポン、と膝を打った。

「この谷の流れに書《しょ》を託してみよう。なれば必ず、これは海に達する。さすれば潮の流《なが》れと仏のお導きで、わが国へ送りとどけてくれるにちがいない」

寂照は先の事実をくわしく書に認《したた》めると、壷《つぼ》に入れ、しっかり密閉して谷川の流れに託《たく》した。

それから三年、寛弘《かんこう》三年（一〇〇六）二月のこと。

播州明石《ばんしゅうあかし》の海岸を歩いていた増位《ぞうい》寺の僧・義観《ぎかん》が、砂浜に打ち上げられた一個の壷を拾いあげた。ふたを解き、密閉された書を一読して仰天した。

この壷は、遠くはなれた中国の五台山から流れ着いたものである。しかもこれを認めたのは、叡山三千坊の如意輪寺《にょいりん》で修行をともにした、学友の寂照からである。

「なんという奇瑞《きずい》よ……!」

早速に、このできごとは、時の帝・一条天皇《いちじょう》に奏上《そうじょう》された。

一条天皇は仏心に篤《あつ》い。さっそく平恒昌《たいらのつねまさ》を勅使《ちょくし》にたて、近江の渡来山に飛来したという宝塔を探させた。ところが、宝塔はようとして見つからなかった。

その頃、北脇《きたわき》村の郷士・野矢光盛《のやみつもり》が猟犬のシロを連れ渡来山を歩いていると、前足で地面をかき、地中に何かあるという仕草をして吠えたてた。

「うむ、ひょっとして! ここにあの宝塔が埋まっているやも知れぬ。平恒昌さまにお知らせしよう」

光盛の知らせに、平恒昌は家臣を従え、その場所を掘らしめたところ、三丈六尺(約十メートル)の三重の宝塔が出現した。

一条天皇は大変お喜びになり、聖徳太子ゆかりの「本願成就寺《ほんがんじょうじゅ》」に、七堂伽藍を建立され、寺は「阿育王山石塔寺《いしどう》注3」と改号、ここに宝塔をお祀りになった。やがて寺は隆盛を極め、一条天皇の勅願《ちょくがん》寺として八十余坊の大伽藍を有するまでになった。

注1・五台山

中国の山西省北東部にある三千メートル前後の五峰をもつ仏教の聖山。当初は神仙道によって開山されたが、五世紀後半に北魏《ほくぎ》の孝文帝によって仏光寺、清涼寺などの寺院が開基された。やがて文殊菩薩《もんじゅぼさつ》の住む清涼山と信仰されるようになり、長く文殊信仰の中心となった。隋《ずい》・唐時代に法華《ほっけ》、禅、天台、浄土、密教などの高僧が続々と入山し、唐代中期には五台山仏教のピークを迎えた。

注2・阿育王

サンスクリット語では「アショーカ」、パーリー語仏典ではAsokaと記述され、「アソーカ」と発音する。日本では阿育王《あいくおう》のほかにアショーカ王、アショカ王、無憂王《むうおう》など様々に呼ばれる。王の在位は紀元前二六八〜二三二年頃とされ、インドのマガダ国マウリヤ王朝第三代の王である。正確な生没年は不詳。父王の死後、異腹の兄弟を全部倒して王位についた。即位後、八年を経てインド半島北東部のカリンガを征服、これにより南インドの一部を除いて亜大陸全域の統一を成した。その戦闘は悲惨な結果を招いた。捕虜十五万人のうち十万人が殺害され、さらに兵士・住民の殺戮が数知れずの有様であった。それを眼前に見た王は、武力による征服を深く後悔し、法《ダルマ》（仏教）による征服へと政策を転換したと伝えられている。深く仏教に帰依した王は、釈尊の聖跡を訪れて供養するかたわら、婆羅門・沙門・長老に対する布施、人民への接見、殺生禁止、道路の整備、井泉の設置、療養所の建設、仏教・婆羅門・ジャイナ教・アージーヴィカ教など全ての宗教を「人間の真理実現」に役立つとして平等に保護、自国の辺地はもとより、ギリシャやエジプト諸国までにもダルマの使臣を派遣等々、ダルマが永続するよう、可能な限りの施策を惜しまなかった。王は、このような事業・政策の一端を岩壁・石柱。洞窟・石材に刻んだ。摩崖法勅・石柱法勅・洞窟院刻文・石文刻文と呼ばれる。また阿育王は釈迦入滅時に建立された八つの舎利塔中、七塔を開いて八万四千の仏石柱法勅（別名阿育王柱）を建立し、世界各地に分配した。日本では、箱根の阿育王山阿弥陀寺と滋賀県蒲生の石塔寺にそれぞれ一基が保存されている。あとの一基は琵琶湖に沈んでいるとの説がある。

注3・阿育王石塔寺

高さ約七・五メートルの石造三重塔は、朝鮮半島・百済定林寺址塔と類似しているといわれ、日本各地にある中世以前の石塔とは全く異なった様式である。湖東地区が渡来人と関係の深い土地であることは、『日本書紀』に天智八年（六六九）、百済から渡来人七〇〇名余を近江国蒲生野へ移住させた旨の記述があることからも裏付けられ、この石塔も百済系の渡来人によって建立されたものと思われる。また、日野町小野に鬼室神社があるが、その祭神の鬼室集斯《きしつしゅうし》がその石塔を建立したとも言われる。なお、阿育王塔の周りの石仏・石塔の九割以上は十五～十七世紀に建立されたものとされ、境内には野矢光盛の墓も犬塚もある。鎌倉時代以降、一般信者が自身の極楽往生を願い、あるいは先祖の菩薩のために、五輪塔や石仏を奉納し数百年の間に多くの数になっていった。それが戦国の世、織田信長の焼き討ちにより荒廃した。江戸時代の初期、天海大僧正が弟子の行賢に指示して復興したが、その多くは荒廃した時代に散乱、土中に埋没したままであった。それを昭和の初期、現在のように整備されたが、五輪塔や石仏の多くは、いまだにあちこちの地中にあり、無数を表す八万四千と表現されている。平成四年（一九九二）十一月二日、蒲生町（現・東近江市）と百済最後の都といわれている扶余郡《ぶよぐん》場岩面（場岩村）は姉妹都市提携協定書を交わし、阿育王塔をめぐる歴史と文化の交流を進めている。

お茶子と大蛇

観音寺山《かんのんじ》の麓、石塚《いしづか》村の長者にお茶子《ちゃこ》という娘がいた。

うららかな春の日のこと。

長者がお茶子を連れて観音寺山へ若菜摘《わかなつ》みに出かけた。奥の院から滝壷《たきつぼ》までの道々、お茶子は萌《も》える若草《くさ》を踏み、夢中になって若菜を摘む。幼さの残る笑顔に大きくつぶらな瞳は澄み、髪に挿《さ》したかんざしが陽《ひ》をうけてキラキラゆれる。赤い着物の裾《すそ》が風に戯《たわむ》れて蝶《ちょう》のように舞っていた。

「おう、わが子ながらなんと、目も綾《あや》な（きらきら輝くような美しさ）娘やろうか。今にきっと、立派な婿《むこ》が迎えに来ることやろう」

長者はお茶子をほれぼれと見た。

それからしばらく経ったある夜、トントン、と表門をたたく音がする。

「こんな夜更《よふ》けに、誰じゃろうか？」

いぶかりながら表門を開けると、狩衣《かりぎぬ》姿のりりしい若者が立っていた。

「どなた様《さま》でしょうや？」

長者は尋ねた。

「わたしは観音寺山の城主、佐々木《ささき》の一族の者です」

丁重《ていちょう》に挨拶をし、自《みずか》らの身元をくわしくかたった。そして、

「先日、滝壷のそばでお嬢さまをひとめ見て忘れられなくなり、こうして訪ねてまいりました」

若者はお茶子への想いをのべた。

それからというもの、若者は毎夜、お茶子の元へ通ってくるようになった。

初めの内は、

「立派な若君よ。お茶子の行く末は安泰《あんたい》やわい」

と、長者は喜んでいた。

ところが日が経つにつれ、お茶子の様子がどうもおかしい。あれだけ活発で明るかったお茶子の元気がなくなり、ぼつねんと物思いに耽《ふけ》って、一日中、部屋にこもるようになっていた。

「それに若者だが、お忍びとはいえ供《とも》もつれずに、しかも夜中ばかりに現《あらわ》れるのは、どうも合点《がてん》がいかぬ……」

不審に思った長者は、

「観音正寺のご老師に……」

相談することにした。すると、老僧は、

「うーん」

と深いため息をつき、

「大変なことじゃ、そ奴《やつ》は人間ではない。観音寺山の滝つぼに棲む大蛇じゃ。このまま見過《みすご》すと、お茶子どのはやがて、なぶり殺しにされてしまうぞ」

厳しい表情で語ると、庫裏《くり》の奥からなにやら取りだしてきた。

「これは、魔物を近づけないための、お守りです」

お札《ふだ》二枚と縫い針を一本、長者にわたし、

「このお札の一枚は部屋の入り口に貼《は》り、もう一枚はお茶子どのの懐《ふところ》に持たせなされ。それでもなお、近づくことがあれば、この針を相手の着物に縫《ぬ》いつけるとよろしかろう」

老僧は諭すように説明すると、数珠に両手を合わせてお題目《だいもく》を唱えた。

夜になった。

長者は物陰《ものかげ》に潜《ひそ》んで若者が現れるのを待った。

やがて、ひたひたと忍《しの》びよる足音がした。

「うむっ、やはり来よったわ！」

長者は、月光に照らしだされる若者の姿を目にして、身構《みがま》えた。

ところがお茶子の部屋の前で、若者の足が、ピタッ、と止まった。何かにおびえて、避けるように狩衣の袖で顔を覆《おお》いながら、数歩あとずさる。

観音正寺のお札の威力《いりょく》に恐れをなしたのか――

あきらめて帰《もど》るにちがいない、と長者が思っていると、

「お茶子どの、お茶子どのよ」

悲哀《ひあい》のこもった声でお茶子を呼ぶ。

「クソッ、執念深《しゅうねんぶか》い、やつめ。いかにして追い返そうか」

長者が思案《しあん》に耽《ふけ》っていると、若者の呼ぶ声に誘い出されたのか、お茶子が部屋から出てきたではないか！

「お逢《あ》いしとうございました」

お茶子が若者に手を差し伸べる。すると若者は、またも何かに怯《おび》えるかのよ

うに後退《あとずさ》りした。

「今宵《こよい》で、お別れでございます」

若者はそう言い置くと、お茶子に背を向け、逃れるように足をはやめた。

「お、お待ちくだされ」

お茶子は悲壮な声をあげ、若者を引き止めようと、その背に抱きついた。

その刹那《せつな》、

「ぎえぇー」

月夜を劈《つんざ》く悲鳴《ひめい》が走った。

お茶子の握っていた針先が、若者の衣《ころも》に突き刺さったのだ。その針が月光にギラリと光った、そのとたん、急にあたりが真《ま》っ暗闇《くらやみ》になり、雷鳴が轟《とどろ》き、風が吹き、大粒の雨が地面をたたきつけてきた。

「おおー、お茶子よ」

長者が駆け寄ると、若者の姿はなく、お茶子はその場で気を失っていた。

その翌日、一人の村人が、長者の屋敷に駆け込んできた。

「たッ、滝壷《たき》で首に刀が刺さった大蛇が血だらけになって苦しんどります」

その騒ぎに、お茶子の胸が震えた。

「もしゃ、殿にあの針が……」

お茶子はいてもたってもいられない。屋敷をとび出した。

「待てッ、待つのや。お茶子よ」

長者があとを追ってくる。

お茶子は奥の院を過ぎ、滝口に向かって駆け続ける。懐が風にふくらみ、中に入れた守り札が風にさらわれて飛び散った。

お茶子が滝壷まで来ると、首に刀をつきたてられた大蛇が血で真っ赤に染まって、のたうちまわっていた。

「ああーあ、あッ！」

絶叫しながらお茶子は大蛇に駆け寄り、首の剣を引き抜いた。すると、大蛇は熱い息を吐き、お茶子を見た。

その瞳は、あのやさしい若者の輝きだった。

あとを追った長者が滝つぼに来ると、お茶子が大蛇に抱きついている。滝の飛沫《ひまつ》に濡れたその黒髪《くろかみ》が、大蛇の傷口をいたわるようにかぶさっていた。

大蛇もお茶子も、すでに息絶えていた。

やがて、誰が言い出したのか、奥の院から滝口の谷を「お茶子谷」と呼ぶようになった。いつのころか、観音正寺の本堂裏の紅葉《もみじ》の古木のそばに、「お茶子稲荷《いなり》」がまつられるようになった。

晩秋には紅葉《こうよう》に映《は》え、そのあたりは真っ赤に染まる。


この伝承には別の話も残っている。

お茶子という美しい里の娘が観音寺城主・佐々木氏の殿様に見そめられ、夜も日もあけない寵愛《ちょうあい》を受けた。それを正室《せいしつ》や他の側室《そくしつ》に妬《ねた》まれた末に奸形《かんけい》にはめられて、観音寺山の谷の岩屋に毒蛇とともに閉じこめられて死んだ。

それを知った村人はそのあたりをお茶子谷と呼び、お茶子地蔵を祀って霊をなぐさめた。むかしから、このあたりの村は美人が多いと噂されていたが、この出来事で、

「こんな塩梅《あんばい》じゃおちおち、かわいらしい娘《こ》も生めんがな」

「まったくじゃ」

村人は顔を見合わせ、囁きあったという。

長者の没落

数多《あまた》の人命を奪い、長者を没落《ぼつらく》させた手水鉢《ちょうずばち》が八日市三津屋《みつや》町にある。

ずいぶん昔のこと。花見どきのある日、三津屋の長者が丹波の長者に招かれた。ふたりは肝胆相照《かんたんあいて》らす（親密な）仲だ。

その帰途《かえり》のこと。

「花を愛《め》でながら京まで、お見送《みおく》りいたしましょう」

丹波《たんば》の長者に案内されて三津屋の長者は、大井川《おおいがわ》[注1]をくだる筏舟《いかだぶね》に乗った。峡谷《きょうこく》の山桜が川面に被《かぶ》さって咲き乱れている。舟は珍石、奇岩のあいだをぬって時には荒々しく、時にはおだやかに下っていく。

三津屋の長者は船頭《せんどう》のみごとな棹《さお》さばきに心を奪われていた。

「なんと手馴《てな》れたことよ！」

船頭は迫る岩肌に、棹先を自在に差し込んでいく。ジーッ、と目を凝《こ》らしてその様子に見惚《みほ》れていた、その時だ。

三津屋の長者が「おう!」と、声をはりあげ、舟から身をのりだした。

「いかがなされました?」

丹波の長者が尋ねると、

「あ、あれ……」

三津屋の長者が指《ゆび》さす先に、水しぶきを受け、岩肌が丸く彫られて黒く輝く奇岩があった。

「なんと素晴らしい岩でございましょう。できることなれば、あれを手水鉢に仕上げて、我が家《や》の庭先におきたいものです」

三津屋の長者は舌《した》なめずりした。

これを見た丹波の長者は、

「そんなにお気に召されましたか。なれば後日、石工《いしく》に切り取らせ、お屋敷へお届けいたしましょう」

と約束した。

それから間もなくして、岩は手水鉢に仕立てられ、三津屋の長者の屋敷に運びこまれた。

「なんと、みごとな!」

三津屋の長者は大喜びだ。その日から、目を細めて手水鉢を眺めるのが日課になった。

ところがどうしたことか、それからというもの、三津屋の長者にあまりありがたくない事ばかりが、おきるようになった。

「作男《さくおとこ》が逃げた」

「田に引く小川がつぶれた」

「害虫が増えて不作《ふさく》になった」

それればかりか、丹波の長者からも、

「川くだりの船頭の何人かが、切り取った岩のあたりで棹を滑らせて川に落ちて行方が知れなくなった」とか、「河童《かっぱ》に尻の穴をぬかれた(水死した)」など、不幸な知らせが、耳に入ってくる。

やがて、三津屋の長者の家では妻がポックリと死に、その後《あと》を追うように何人もいた子供が次々と死に、跡取《あとと》りが絶えて家系は滅んだ。

「あの手水鉢は、人の命を食《く》らうぞ」

と、村で噂がたつようになった。

いつの頃からか、長者の屋敷跡さえも分からなくなってしまったという。

その後、大井川の石を持ち帰ると、その家系は必ず不幸になると噂されるようになった。長者の屋敷にあった手水鉢は、今に伝わり、八日市三津屋町の神社にひっそりと置かれている。

注1・大井川

六世紀、嵯峨や松尾の支配者・秦氏が桂川に葛野大堰を、下嵯峨から松尾にかけて罧原《ふしはら》堤を築いた。「秦氏本系帳」には堰堤完成後、葛野川から大堰川と呼ぶようになったとある。その後、嵐山から上流域を大堰川、あるいは大井川、以南を桂川、あるいは葛《かつら》河と称した。平安京の造営時には丹波・京北の木材搬入河川として、また下流の桂川は山城、摂津に至る木材輸送の役目を、になった。十七世紀に嵐山の豪商角倉了以がこの両河川を開削したため、丹波の与木村から淀や大坂まで通じるようになった。それによって船運が発達し、園部、保津、山本、嵐山、梅津、桂津などは湊町として栄えた。

消えた花嫁

建部日吉《たけべひよし》町に吉住《よしずみ》の池[注1]（通称日吉のタメ）がある。

この池は「日吉の神（龍神《りゅうじん》）のお住まいどころ」と言われてきた。

池の美しい湧水《わきみず》が流れ出る横居《よこい》川に石橋がかかっている。

春三月、豪華な花嫁荷物をととのえた行列が、この石橋の前にさし掛かった。甲賀《こうが》の豪族、甲賀太郎右衛門《こうがたろううえもん》の娘で甲賀小町《こまち》と評判の十七歳になる菊《きく》姫の行列である。先祖代々、親しい間柄にある信濃兵左衛門《しなのへいざえもん》の若君《わかぎみ》に見初《みそ》められ、輿入《こしい》れが決まったのだった。

やがて、花嫁行列の一行がこの石橋を渡ろうとすると、

「お待ちくだされ」

どこから現れたのか、一人の老婆《おうな》が列の前に小腰《こごし》をかがめ、

「ただ今、この池で龍神さまが重要な祝い事をしておられます。おそれいりま

すが、お渡りくださるのを、ご遠慮《えんりょ》いただけませぬか」

と、丁寧《ていねい》に頭をさげた。

「なにをいう、ここは天下の往来《おうらい》ぞ！」

花嫁行列の警護《けいご》をしていた供侍《ともざむらい》が目をつりあげてどなりつけた。

それでも老婆は、なおも、「ご遠慮くださいますように、お願い申します」

と、供侍の足元にまつわりつく。

「くどい！　めでたい輿入れにケチをつける気《き》かッ。退《の》けッ」

供侍が老婆を、がつーん、と足蹴《あしげ》にした。

老婆の身体《からだ》は一間《いっけん》あまり（約二メートル）吹《ぶ》っとんで、ドテン、とひっくり返った。だが、老婆は何事もなかったかのように、すっくと立ちあがった。まるでクグツ師（人形を操る大道芸人）に操《あやつ》られた人形のようにだ。

またも、老婆は行列の前にきて、

「無理からにお渡りなさいますと、祟《たた》りに及《およ》びましょう」

窪《くぼ》んだ眼窩《がんか》の奥がギラッと光った。とたんに供侍の眉間《みけん》に青筋《あおすじ》がたった。

「ぶれいもの！　祟りとは、不吉なことを言うにも程《ほど》がある！」

供侍が腰の大刀《たち》をぬく。白刃《しらは》が袈裟《けさ》懸《が》けに老婆の肩先《かたさき》にひらめいた。

ところが刃先は、まるで人影《かげ》でも切ったように手ごたえがない。

老婆の姿が、ふっ、と消えた。

「うッ！　な、なんじゃ！」

すると、どこから飛んできたのか錦《にしき》の「まる帯《おび》」が、ハラハラと石橋の上にふってきた。一行は、この不思議な現象に、しばらく唖然《あぜん》としていたが、

「とんだ目にあわされたが、今度は錦の帯がふってきよったわ。ガハハ、これは輿入れを祝う、天のちょっとしたイタズラであろう」

一行は笑いをふらせて、

「これはよき贈物《おくりもの》ぞ」

と何事も無かったかのようにその帯を、長持《ながもち》に納めて石橋を渡っていった。

ところが、橋を渡りきって間もなくのことである。

菊姫の駕籠《かご》の担《かつ》ぎ手《て》が、

「ヘンや！」

「不思議や？」

と、しきりに頭を捻《ひね》っている。

「いかがいたした」

「お、おカゴが……」

軽いと言う。

「なに?」

駕籠をおろし、垂《た》れをあげて仰天《ぎょうてん》した。

菊姫が忽然《こつぜん》と消えうせている。

「ウヒエッ! 龍神の祟りじゃ〜」

一行は悲鳴をあげ、荷物をそばの竹やぶに放《ほう》り捨《す》て、われ先に逃げだした。

この噂はたちまち近郷《きんごう》の村々にひろまった。

やがてこの橋は「吉住嫁取橋」と呼ばれ、それ以降、嫁入りには決して渡らなくなったと伝わる。なお、この物語では石橋にあらわれたのは老婆になっているが、少女であったという説もある。

注1・吉住の池

「ゆるが上池」ともよばれ、面積は一一、八三〇余坪。百石川、横居川、野村川の三ケ所の堰口があり、建部村、旭村、南北五個荘村の田養水の源である。

とんち阿弥陀

「お彼岸《ひがん》やさかいに、お経《きょう》さんを読経《あげ》に来てもらえまへんやろうか」

竹の皮の包みをぶらさげて寺へやってきたのは、檀家《だんか》の婆さんである。

「はいはい、すぐに参らせてもらおおほん」

和尚はニコニコしながら、婆さんから竹の皮の包みを受け取った。うまそうな匂いが、プーン、と鼻をつつむ。

婆さんが帰ったあと、和尚はさっそく庫裏《くり》のマカナイで包みを開けてみた。

「おぉ、やっぱり、おはぎや！」

和尚はおはぎに目がない。

「ひい、ふ、み、よ…、五つもある。お参りまえに、一つ食べてこかい」

指でつまんで、ポイ、と口に放りこむ。

「ひゃー、美味《うま》い！」

あんこの甘《あま》さが口いっぱいにひろがって舌の上で遊びだす。こうなると一つぐらいではやめられない。

「もう一つ」

和尚は二つめを口にほりこんだ。しばらく目を細め、口をもぐもぐしていたが、急にあたりを見渡した。

「こんなに旨《うま》いもん、一つたりとも、誰にもやりとうはない。目ざとい小僧がおらん間《ま》に、しまいこんでおこう」

残りの三つを鉢《はち》に盛り、戸棚の奥へ押し込んだ。

と、その時だ。

「和尚《おっ》さん!」

背後《うしろ》で小僧の声がした。

「うッ」

和尚《おしょう》は口に残ったおはぎをいっきにのみ込み、目を白黒させた。

「和尚《おっ》さん、口元《くちもと》になんか付いてますけんど、なんぞ食べやはったの?」

小僧に言われて、和尚《おしょう》はいそいで手の甲《こう》で口元を拭《ぬぐ》った。

「ビックリするやないか。な、なんも食べとらん。なんぞ用かいな」

「さっきのお婆さん、なんか、くだはったの?」

「何もくだはらへん」

和尚は知らぬ顔の半兵衛《はんべえ》を決め込んだ。すると、小僧は口先をとんがらせ、両目をしかめて和尚の顔を覗《のぞ》き込む。和尚はきまり悪そうに衣《ころも》の襟《えり》をただした。

「ほれより、婆さんとこへ、読経《おつとめ》に行ってくるさかいに、ほの間《あいだ》、お経の稽古《けいこ》をしながら、しっかりと留守番《るすばん》をしとりなはいや(しておくのやぞ)」

小僧は「ハイ」と返事をしたものの、和尚が閉めた戸棚を、ジーッ、と睨《にら》みつけている。

「これッ　わしのハナシを聞かんと、どこを見とるんやいな」

小僧は、ぎくッ、とした。

「ど、どこも見とりません」

頓狂《とんきょう》な声をあげた。

「言うとくが、わしのいん(いない)間に、この戸棚は決して開《あ》けたらあかんぞ。わかったな」

和尚は小僧にきつく言いつけて、寺を出ていった。

和尚が出かけたあと、

「さて、さて、お経の練習や」

小僧は部屋に戻って経本を広げてみたものの、「開けたらあかんぞ」と言いつけられた戸棚のことが、気になってしかたがない。

「何《なん》を隠《かく》さはったのかな？　ちょいと覗いてみよう」

読みかけの経本《きょうぼん》を放っぽりだし、小僧は庫裏《くり》のマカナイへとんでいった。ところが、和尚が閉めた戸棚の引き戸に手を伸ばしたが、

「とどかんがな。なんぞ踏み台、あらへんやろうか」

小僧はあたりを見わたした。だが、踏み台になるようなものはない。

「何か……？」、きょろきょろしていると、オクドの前にお櫃《ひつ》（ご飯を入れる容器）があった。

「あれや！」

小僧はそれを踏み台にして、戸棚の引き戸を開けた。

「やっぱり、思ったとおりや」

その奥に、おはぎが三《みっ》つ鉢《はち》に盛ってある。小僧もおはぎが大好物だ。ごくッ！と、生ツバをのむ。とたんに辛抱《しんぼう》ができなくなった。

「ちょっと、あんこだけ。あんこだけならバレないやろう」

小僧はあんこを指の先につけ、舌をとんがらせて舐《ねぶ》ってみた。

「うまい！　こりゃたまらん」

とたんに、和尚の言いつけなど、頭のすみからころりと抜けおちた。

「ええーい。一つだけなら、エエやろう」

小僧はおはぎを一つ、ポイ、と口にほりこんだ。おはぎは口でとろけて、すーと腹におさまった。こうなると、また一つ、また一つと……、気がつけば、残ったのは鉢に付いたあんこだけ。

「もうじき(すぐ)に、和尚さんが帰《も》んてきやはる。どえらいコトをしてしもうた。なんとかせにゃ」

小僧が思案《しあん》していると、本堂の阿弥陀如来《あみだにょらい》が、ふと頭に浮かんだ。

「ほや！　阿弥陀さんにおすがりしよう」

小僧はあんこの付いた鉢をかかえて本堂に飛びこんだ。


和尚が、寺に戻ってきた。

着替えをすませ、

「さて、あのおはぎ、さっそく一つ、いただくか」

和尚は戸棚を開けた。

「れ、れッ」

しまったはずのおはぎが鉢ごと、影も形もない。

「開けるなと、あれほどきつく言いつけておいたのに……、これ、小僧！」

和尚はぷんぷんしながら、小僧を呼びつけた。

「おはぎをどこへやった？」

「えっ！　おはぎ？」

小僧はいやに落ち着いている。

「婆さんにもろうた、おはぎやがな」

「あれっ！　さきほど、『なんも、もろてない』といわはったのに」

和尚は、小僧にしてやられた、と思ったが、

「うるさい！　とぼけるなッ！」

と怒鳴りつけた。すると小僧は、

「ほう言えば、さっき本堂で、なんや、ガチャーン、と皿の割れたような音がしましたが」

と言って、「見に行きましょう」と、和尚を本堂へ急《せ》かせた。

ふたりは本堂に入るなり、

「あれッ！　あ、阿弥陀さんが……」

小僧が阿弥陀仏を指さした。その口元《くちもと》にはあんこがべったり付き、足元には鉢が二つに割れて、転がっていた。

「和尚さん、阿弥陀さんが、おはぎを食べやはったのやろうか？」

小僧がとぼけて、和尚を振り返った。

「ええかげんなことを言うな！　ほんなはず、なかろうが」

小僧は襟首《えりくび》を和尚に、ぐっ、とつかまれた。

「たッ、食べやはったか、どうか、阿弥陀さんに聞《き》いてみまひょうな」

小僧は和尚の手を払って、阿弥陀仏にすがりついた。

「阿弥陀さん、食べやはりましたな、食べやはりましたな」

小僧が阿弥陀仏の体をゆすった。この阿弥陀仏は金銅仏《こんどうぶつ》で胴体に首がすえてある。その首が揺れて、〝くった、くった〟と鳴った。

「ほらぁ〜、和尚さん。阿弥陀さんが『食った、食った』と言わはりました」

生意気な小僧の言い訳に、和尚はカーッと、おおきく目をむいて、

「バカもーん！　阿弥陀さんの情けもこれまでじゃ」

そばにあった木魚《もくぎょ》のバチをふりあげ、

「渇《か》ーッ」

と、小僧を叩いたつもりが……、
ありゃッ！

バチが和尚の手から、スポッ、と抜け、阿弥陀仏の頭にあたって、

〝クワーン〟

と、大きな音がした。

「ほれみい！　阿弥陀さんは『食わん』と、言うてやはるやないかいッ」

和尚にどなられて、

「許《こら》いておくれやす」

本堂の床に小僧は額《ひたい》をこすりつけて謝った。

難破した巡礼船

宝暦《ほうれき》五年（一七五五）三月十七日、夜の明けぬころ。

西国三十三霊場の竹生島観音堂《ちくぶしまかんのんどう》の参詣《さんけい》を終えた巡礼者、総勢六十九人と船方《ふなかた》三人を乗せた丸子船《まるこぶね》[注1]が、真夜中の湖上を蒲生《がもう》の長命寺《ちょうめいじ》に向かっていた。

「つぎに、みなさまがお参りなされる長命寺は、延命長寿《えんめいちょうじゅ》にご利益があるとされております。むかし武内宿禰《たけのうちのすくね》という人が、このお山に延命祈願をなされたところ、三〇〇歳まで長生きされたという伝説がございます。どうぞみなさんも、これにあやかって、健《すこ》やかに長生きしておくれやす。夜が明けるころには、長命寺の浜に着きます。お寺は八〇八段もの長い石段を上がらなあかん険《けわ》しい参道やさかい、今夜はちょっと風がきつうて寝にくいけんど、体力温存《たいりょくおんぞん》のためにちょっとでも長《なご》う、休んでおくれやす」

船頭の話に、巡礼たちは船の大きな揺れにたえながら狭い船室で仮眠をとっていた。だが南西の風は強くなるばかり。それは春先の大嵐、比良《ひら》の八荒《はっこう》注2であろうか。

「どえらい嵐《かぜ》になってきましたが、大丈夫ですかな」

大揺れに、寝付かれぬ巡礼客が船頭に聞いてくる。

「この船はどんな大嵐《おおかぜ》でも安心です。ほれに今日は荷もぎょうさん積んでいますさかいに重心が低く、三上山《みかみやま》のようなバカ大《いか》い三角波《さんかくなみ》をヘサキにドーンと、うけないかぎり大丈夫です。ほやけんど念のためにこれから内湖《ないこ》に入りまして大波を避けますので、どうぞ安心しておくれやす」

と、そのときだ。

船は疾風怒濤《しっぷうどとう》を避け、栗見新田《くりみしんでん》から内湖に入り、福堂《ふくどう》村の先に差し掛かった。

右舷のヘサキに複雑に舞う暴風と逆巻《さかま》く怒濤がぶちあたった。とたんに、船のヘサキが天に向かって捻《ねじ》れあがる。たちまち、乗客は船尾《せんび》に叩《たた》きつけられた。そして、船が、がくッ、とよじれた途端《とたん》、瞬時に横転《おうてん》、巡礼者六十九人と船方三人全員が湖上に投げ出されてしまった。丸子船のただ一つの弱点、ヘサキに三角波《さんかくなみ》をもろに受けたのだった。

翌朝、福堂村八丁州《はっちょうす》の浜で、村人が悲惨《ひさん》な光景にでくわした。

「どえらいことや！　船の残骸《ざんがい》にまざって、死人が続々と浜にあがってくるぞ」

村では大騒ぎになった。

「巡礼舟や！　生存者はいないのか」

村人は小舟を沖にだし、捜索《そうさく》したが、湖面の水温は低く生存者はだれ一人いない。引き上げられた遺体は浜に並べられ、村役人が手早く名前や生国を調べていく。巡礼衣《い》や納経《のうきょう》帳には名前や生国が書いてある。ほとんどの身元は確認できた。

福堂村の二つの寺では、住職が枕経《まくらきょう》をあげて犠牲者を天国に送った。

「あと、わずか三ヶ寺で巡礼祈願の結願《けちがん》というのに志を果たせなかった、お気の毒な巡礼さんたちや。さぞ、無念なことやろう」

あとの三ケ寺とは、第三十一番札所湖東の姨綺耶《いきや》山長命寺と第三十二番札所繖《きぬがさやま》山観音正寺、西国三十三番満願霊場の美濃国谷汲山《たにくみさん》華厳寺《けごんじ》である。

村人は涙しながら浜辺の粟身新田に「巡礼ざんまい」と名づけて、手厚く葬った。死者の生国は淡路《あわじ》洲本《すもと》や和歌山県境谷《さかいだに》地区出身が多かった。福堂村ではそれぞれの生国の遺族に遭難の旨《むね》を知らせた。今と違って、むかしは歩くのが基本、道中には急峻《きゅうしゅん》な峠もあれば谷もある。大変な苦労を重ねる旅路であったが、親元から遺骨を引き取りに来た遺族が多数あった。
一周忌の「巡礼ざんまい」に、その霊を供養する高さ約三メートルの碑が建立された。正面に「南無阿弥陀仏」の名号《みょうごう》を刻み、左右の側面に「宝暦六年丙子年三月十七日建之」の文字と建立の理由、背面には遭難者名や出身国が刻まれた。こうして、福堂村では現在にいたるまで遭難者の命日には、供養の法要を続けている。見ず知らずの他国の人の死を悼《いた》み、丁重な死後のあつかいをしたことは、庶民の美談として今に伝わる。

注1・丸小船

帆船のころ、琵琶湖での出航時は朝アラシの利用が多かった。朝アラシとは湖上とオカの温度差により夜明け前、オカから湖上に向かって吹く風のことで、二~三時間吹き続ける。日が照ると西風に変わるが、琵琶湖のどこからでも、どちらの方向にも向かうことのできる便利な風である。したがって、朝アラシを利用して港を出るのが船頭の慣わしであった。斜めや横風の時には切り舵(樫材の舵板)をカザウラ(風下)にさして横流れを防ぎながら航行する。船頭たちは「丸子船は絶対に沈没しない」と信頼していた。船の両弦にだくオモギがあるためで、荷物を積めばなお安定するという。ただし、船首のヘイタ構造の部分は波に弱く三角波がへさきを打つとひとたまりもないといわれる。

（出口晶子著・舟景の民族より参照）

注2・比良の八荒

毎年三月下旬、寒気がぶりかえり比良山から琵琶湖に向かって突風が吹きくだることがある。これは琵琶湖と比良山の温度差で起こるものであり、本格的な春の訪れを告げる自然現象で、「比良八講荒れじまい」と呼ばれる。その由来は、かつて比良にあった天台寺院で、法華経を講読する法華八講とよばれる法要が営まれる時期と、天候の荒れる時期が重なったことから比良八講と呼ばれるようになった。また、法華八講の修業が厳しかったため、ある僧に恋した娘が、「一〇〇日通ってくれれば情けを与えよう」という僧の言う通り、琵琶湖の対岸からたらい舟に乗り九十九日通いつめ、一〇〇日目の夜に明かりが灯されなかったがために、娘は琵琶湖に没してしまったという伝説がある。そのために、娘の怨念で毎年この時期に琵琶湖が吹き荒れるともいわれている。

人柱

宇曽川《うそがわ》左岸の小八木居館《こやぎやかた》は、八木荘居館《やぎしょうやかた》の別城《べつじろ》であった。

「ここに居館を築いてより、皆で力を合わせて田畑を造り、小さいながらも村を整えてきた。皆の暮らしぶりもかように安寧《あんねい》し、村の人口も日ましに増えてきた。まことに喜ばしきことよ」

居館の広間に重臣を集め、小八木城主の数直《かずなお》が夕餉《ゆうげ》の酒杯を傾《かたむ》けていた。

思い起こせば数直が二十歳の春、実母が死んで間もなくの頃であった。

「宇曽《うそ》川の川向こうに広大な土地がある。それを『身上《しんしょう》(財産)別《わけ》け』におまえにやろう。煮《に》ようと焼こうと、如何《いか》ようになしてもよい。その地で暮らせ!」

八木荘居館城主の父親から与えられたのが、この地であった。

当時庶子家《しょしけ》の子供は環濠《かんごう》の館内《やかたうち》の分家《ぶんけ》で暮らすのが通説であったが、数直は次男の上に母親は奴婢《ぬひ》[注1]であった。それゆえに、母親の死と同時に、数直は厄介《やっかい》払《ばらい》のように八木荘居館を追われたのである。数直が数名の供《とも》と身重《みおも》の妻、三歳《みっつ》になったばかりの娘を連れ、宇曽川を南に渡ったのはネコヤナギが芽吹き、河原のゆきどけ水がまぶしい春のことであった。

「あんな荒地《あれち》じゃ。墓場《さんまい》へ捨《ふ》てられやはったも同然や。どうして生計《くらし》をお立てになられることやら。やがては野たれ死になさるに違いないほん」

「母親が身分の卑《いや》しい出《で》やから、あんな仕打ちをされはるのや」

村人は顔をあわせる度に、数直の身の哀れを噂しあった。それほどひどい地で、葦《よし》やガマばかりが生《お》い茂る沼地《ぬまち》であった。

ところが、住めば都である。この地は湿地《しっち》のおかげでクワイや蓮根《れんこん》、里芋《さといも》や芹などの野菜が豊富に採れる。もちろん、魚も大量にいる。ヒエも米もとれた。

やがて、湿地の中に畦《あぜ》を通して道を作り、田畑を作って水路を通し、環濠《かんごう》を掘って土を盛り上げ、居館を築いていった。

「ここは八木荘魂《だましい》が造った村である。小さい八木、『小八木居館』と名付けよう」

こうして、十五年の歳月が流れた。


八木荘居館の父が逝去《せいきょ》した。

すると、父親の後を継いだ兄の数行《かずゆき》が、

「八木荘居館に戻れ！」

数直に命じてきた。

小八木居館では大騒ぎになった。

「お館さまを八木荘居館に閉じ込めて、数行さまは豊かになった小八木村を乗っ取る算段に違いありません」

「絶対に戻るべきではありません」

家臣たちが、その奸計《かんけい》を上申《じょうしん》する。

数直も、そんな家臣たちの意見を認めていた。

そこへ、以前《まえまえ》より数直を密かに慕っていた八木荘居館の奴婢のひとりが血相を変え、小八木居館へかけ込んできた。兄の数行が、小八木居館を明渡《あけわた》さねば、力ずくで乗っ取る策《さく》を企《くわだ》てているという。

「攻めてくるぞ！　防御せよ」

「砦を築け！　一時《いっとき》の猶予《ゆうよ》もならぬ」

人々は砦や防御壁の建設に取り掛かった。ところが地盤が軟らかく、長い杭《くい》を打ちこんでも、すぐに崩れてしまう。

「もともとが宇曽川左岸の湿地である。掘れば掘るほど水が湧き出て地盤が緩《ゆる》む。杭が打てなくては堅固な砦は築けぬ」

数直は対策に苦慮《くりょ》し、ほとほと困り果てていた。

数直にはふたりの娘がいる。姉娘はミワと言い、三歳のときに八木荘居館からここに移り住んだ。家族思いで気立てがよく、沼地に咲く蓮《はす》の花に似て清楚《せいそ》でたいへん美しく十八歳であった。末娘の依和《いわ》は八木荘居館から小八木居館に住まいが移ってまもなく誕生するが、大変な難産の末に生まれた。母親は三日三晩、もがき苦しみ依和を生み落とすと同時に息を引きとった。依和は一命を取りとめたが高熱が一週間も続づいて、それがもとで両眼の光を失い体も弱く、いまだに稚《いとけな》さの残る十五歳になったばかりである。


ある日のこと。

「困ったことよ」

いく度築いても崩れる砦の工事に悩み続ける数直の前に、ふたりの姉妹がやってきた。

「お父上、お願いがございます。むかしから大きな工事には人柱《ひとばしら》をたて、工事の無事と、それがいつまでも堅固《けんご》であることを願って祈ると申します。どうぞ、わたしをお役立て下さいますように」

姉のミワが申しでた。すると妹の依和も、

「私は生まれながらに、父上や姉上の力添えがないと一日とてすごせぬ、このからだ。いまこそ、ご恩返しの好機《とき》でございます。どうぞ、わたしをお役立てくださいませ」

健気《けなげ》なふたりの申しでに、数直の目に血涙《けつるい》がほとばしった。

「よう言うてくれた。じゃが、どうしてこのわしが、かわいいお前たちのどちらにせよ、人柱などにできようや……」

数直はふたりの手を握り締め、声をふるわせるばかりであった。

その翌朝、
同じ部屋で寝ていたミワの枕辺に、一通の遺書があった。

小八木居館が、いついつまでも栄えますように――

依和の決意を現《あらわ》してか、遺書は太くて確かな指文字で書かれていた。

「イワ、依和！」

ミワは叫びながら、父の部屋に飛んでいった。

何事かを悟った父の数直は、

「盲目《もうもく》で、しかも健脚《けんきゃく》でない依和が、そう遠くへは行けるはずがない。まだそのあたりにおるはず、みなで引き戻どすのじゃ」

家臣に命じた。

その時である。

「依和さまが……」

工事場を見まわっていた男の一人が、居館に駆け込んできた。

「どこじゃ！」

男に案内されて、数直とミワが工事場に急ぐと、深く掘られて池のようになった穴に依和が浮かんでいた。その長い黒髪はあたかも蛇身のようにただよい、打ちこまれた杭に巻きついていた。

「おまえは生まれながらに不憫《ふびん》な娘《こ》、こんな姿にさせとうはなかった――」

姉のミワは、父の数直にすがりついて泣き崩れた。

やがて砦は、人柱になった依和の命と引き換えに見事に完成し、八木荘勢からの攻撃も守りとおした。そして村は独立した。

小八木村では依和を祀って祠をたてた。
祠は「いわ神さん」と呼ばれて今も、村人の信仰を集めている。

注1・館（城）と奴婢

滋賀県に約千三百ヶ所の城址がある。天正四年（一五七六）に織田信長が築いた安土城が出現するまでの城は館《やかた》や集落の四周を水濠で囲み、掘った濠の土を盛り上げ累壁にした構築物だった。そこに住む人々は、土豪の総領を城主にして獣や異集団から家や集落を守りながら農耕を営んでいた。城郭を囲む水郷は外敵の守りと同時に水田の水利環濠の役目も果たしていた。八木荘の館もそんな城であった。その館には奴婢《ぬひ》と呼ばれる奴隷のような人々がいた。これらの人々は領主の財産の一つであり、普通の家族生活は許されず、質入や売買、贈与の対象にもなっていたという。

阿賀神社の護符

天下《てんか》風雲急《ふううんきゅう》を告げる幕末《ばくまつ》。勤皇《きんのう》の志士《しし》・小松帯刀《こまつたてわき》[注1]が幕吏《ばくり》の追手《おって》を逃れ、八日市中野《なかの》沖野《おきの》ヶ原《はら》に世を忍んでいた。

ある夜のこと、

「ごめんくださいまし」

帯刀の隠れ屋に、若い女が訪ねてきた。

「旅のものですが、道に迷って日が暮れてしまいました。どうか一夜のお宿を」

泊めていただきたいと頼み込む。見れば年のころは十六、七歳。しかも、都でもめったに目にしないほどの麗《うるわ》しい女であった。

「ご覧のとおりのあばら家。それに男所帯《おとこじょたい》です。とてもお泊めできる場所《ところ》ではありません、どこぞ他所《よそ》を……」

と、帯刀は断った。ところが女は、

「庭の片隅で結構でございます。どうぞお貸しくださいませ」

今にも泣きそうに頼み込む。

帯刀は気の毒になった。

「そこまで仰《おお》せになられるのなら……、どうぞおあがりください」

女を招きいれた。

夜が更けてきた。

ありあわせの夕餉《ゆうげ》をふたりで済《す》ませると、行灯《あんどん》の油も残り少なくなってきた。

「こんなにむさい煎餅布団《せんべいぶとん》ですが、どうぞごゆるりと。では、それがしは、軒下で」

帯刀は女に布団を勧めて立ち上がった。すると、

「お待ちくださりませ。わたくしこそ、夜露さえ避けることができますれば結構でございます。お庭の片隅で休ませていただきます」

女が庭におりかけた。

「女人にそんなことはさせられませぬ。どうぞここに」

帯刀が女の手を引いた。

と、その時だ。

阿賀神社

行灯の明かりが、ふわりと揺れ、ジジッー　と細い音を残して消えた。

突然の闇——

「あッ、これは不覚《ふかく》な！　灯心《とうしん》が燃え尽きたか……」

帯刀は少々慌てた、と、

「お気づかいには及びませぬ」

女が帯刀に体を寄せてきた。女の体は燃えるようにあつい。帯刀は震える手で女を抱《かか》えた。

暗い空間に若い女と血気《けっき》盛《さか》んな二十七歳の帯刀……。

ふたりは、どちらからともなく、一つになった。

その翌朝、帯刀が目覚めると、女の姿はすでになく、枕元《まくらもと》に阿賀《あが》神社[注2]の護符《ごふ》と置手紙があった。それには、

「じつは、わたくしは先日、あなたさまにお助けいただきました、赤神山《あかがみやま》の麓に住まいする狐《きつね》でございます。畜生《ちくしょう》の身でありながら、あのとき以来、あなたさまを恋い慕い、人の女に身を変えまして、はからずもお情けをいただきました。こんな幸せなことはございません。お目覚めになれば心がいたみます故《ゆえ》、おやすみのうちにお別れもうしあげます」

帯刀の脳裏《のうり》に数日前の夜道のできごとが浮かんできた。

それは阿賀神社へ参拝した、帰り道であった。陽《ひ》がとっぷり落ちた月の野道をぶらり、ぶらりと沖野の隠れ屋に向かっていると、野の草原で、キツネがワナにかかってもがいているではないか。

「放してやるか」

帯刀はワナをといて、狐を放してやったのだった。

「なんと、あの夜のキツネがの―……」

昨夜の女との一夜を帯刀は偲《しの》んだ。

その後《のち》、京にのぼった小松帯刀は木屋《きや》町で幕吏の捕方《とりかた》の手に落ち、軍鶏駕篭《とうまるかご》で江戸送りの身になった。その護送中、三条大橋のたもとに差し掛かったとき、不思議にも駕篭の扉が開き、帯刀は無事に脱出できた。

「ふむ。これも、このお護符《ふだ》のおかげにちがいない」

帯刀は沖野ヶ原から京都にもどってからも、女が残した阿賀神社の護符をだいじに懐《ふところ》に忍《しの》ばせていた。のちに帯刀はその恩返しとして、家宝の狩野探幽《かのうたんゆう》筆の三十六歌仙《かせん》を額《がく》にしつらえ、赤神山の阿賀神社に奉納した。

薩摩《さつま》から単身京都に渡った小松帯刀を公私《こうし》にわたって支えた女がいた。祇園の名妓《めいぎ》、年齢十六歳の琴花《こと》である。注3ふたりの出会いは文久《ぶんきゅう》三年（一八六三）の暮れ、貞姫《さだ》（篤姫《あつ》）輿入れの祝宴の席であった。琴花はお琴や三味線、踊りはもちろん、和歌の手ほどきも受け、古今の書物や絵画にも通じて一流の文化人なみの教養を身につけていた。祇園の舞妓や芸妓は京都の花であり、公卿《くぎょう》や諸侯、藩士階級の宴席にかかせないものだった。彼女らは幕府側の役人や新撰組《しんせんぐみ》などの宴席にも出るため、双方の動向をすべて見知っていた。琴花がその情報を、心をゆるした帯刀に知らせていたとしても、何ら不思議ではない。そういう事情がこのようなハナシに姿を変え、今に残ったのであろうか。

注1・小松帯刀

歴史の表舞台にはあまり登場しない為に幻の宰相と言われる。天保六年（一八三五）十月四日、薩摩吉利の領主、肝付兼善の三男として生まれる。名は清兼幼名は肝付尚五郎。安政三年（一八五六）二十三歳の時、小松家の当主が琉球出張中に亡くなったため、藩主島津斉彬の勧めで小松家の養子になる。文久元年（一八六一）の藩政改革に際し、斉彬亡き後、島津忠義の側役として藩政に参与、大久保利通などの人材を登用した。後に家老にすすみ、家臣との親睦に勤め、領内の課題や改革に取り組むなどの手腕を発揮する。一方では吹上浜の雑木林での兎狩りや、若者を集めた相撲、百姓庶民の暮らしにも気を配り無礼講な関わりも重視したといわれる。「小松家の名君」の誉はやがて藩内に知れわたり京都、江戸で朝廷の中心である公卿方や有力な幕閣との交渉ごとを行う任務につく。京都にあって朝幕諸藩の間を斡旋、討幕運動・大政奉還に尽力。慶応二年(一八六六)西郷隆盛、大久保利通、坂本竜馬らと薩長同盟を結ぶ。明治政府に重用され、徴士、参与職総局顧問、外国官副知事を歴任した。明治三年七月二十日、三十六歳の若さで大阪で病没。

注2・阿賀神社

標高三五〇メートルの赤神山《あかがみやま》の中腹にあり、太郎坊さんの名で親しまれる。一四〇〇年前の創祀、聖徳太子が箕作山の瓦屋寺を建立された時、当大神の霊験が顕著である事を聞き、国家の安泰と万人の幸福を祈念された。その後、桓武天皇の御代には最澄(伝教大師)も参籠し、赫灼としたご神徳に感銘し、五十有余の社坊を建立して守護し、神徳を広く啓蒙した。また、あまたの行者が修験するなど益々盛んになった。その後、近江の国主佐々木秀義の頃、源氏が破れて頼朝は東国に去り、弟の義経が鞍馬山を下り奥羽に向う途次、源氏再興を祈願した。義経の「腰掛岩」と称するものがある。再び源氏の世となり将軍頼朝及び義経上洛の時、佐々木定綱（秀義の長子）と共に幣帛を献じた。その後も佐々木氏が守護してきたが、天正年間に織田信長との戦いで五十余坊あった社坊は殆ど焼失した。社は勝運・厄除・開運・商売繁盛の御利益があり、天照皇大神の第一皇子神、正《まさ》哉《か》吾《あ》勝《かつ》勝《かち》速《はや》日《ひ》天《あめの》忍《おし》穂《ほ》耳《みみの》尊《みこと》が祀られている。参道から七〇〇段以上ある石段の途中に願かけ殿（成願寺）や、岩に刻んだ七福神がある。本殿の周りには岩座と呼ばれる巨岩、怪石が散在、とくに本殿前の夫婦岩は神力によって左右に開いたといわれ、巨岩信仰の中心岩である。ここを嘘つきな人が通ると岩に挟まれる、という伝説がのこる。

注3・琴花

祇園の名妓、弘化四年（一八四八）生まれ、薩摩藩家老小松清廉（帯刀）の妾。三木吉兵衛の六女。明治七年（一八七四）、八月二十七日大阪で病死、享年二十六歳。別名、お琴、琴子、仙子。

おこぼ池

愛知川《えちがわ》畔の鯰江《なまずえ》居館《やかた》から釣竿《つりざお》をかついだ男がでてきた。がっしりした体躯《たいく》に威厳のある口《くち》ヒゲを宿した、城主の鯰江犀之助友貞《さいのすけともさだ》である。そのうしろを乳母の菜々《なな》が、魚篭《びく》をかかえてついてくる。時は旧暦の七月六日、灼熱の陽光が西の山端《やまは》に傾きだすと、愛知川の川面を走る風がぬるんできた。

「魚のつきもよい頃あいじゃ。急ごうぞ」

釣りは犀之助の日課である。

犀之助は菜々を急《せ》かせて、イモト（妹村）の沢《さわ》を目指した。

沢を取り囲むように松並木が続いている。

「きのうはよう釣れた。今日もあそこじゃ」

ふたりは昨日の穴場《あなば》に足を早めた。すると、

「おやかたさま、こ、この香《かおり》は？」

乳母の菜々が足を止めた。

「おお……」

プーンと、えもいわれぬ香が漂っている。

「まことに希有《けう》（珍しい）な、香よ」

犀之助が目の前の老松に目をやると、垂れ下がった枝に美しい薄絹《うすぎぬ》の衣《ころも》がかかっている。芳香《ほうこう》はそこからだった。

「風に運ばれて、何処《どこ》ぞからとんできたのであろう。この世のものとも思われぬ衣じゃ。持ちかえりて家宝《かほう》にいたそう」

犀之助は衣を枝からはずし、きちんとたたんで菜々の持つ魚籠におさめた。

「きょうはおもわぬ良きモノを射とめたものよ。これぞまさに豊漁。釣りは中《や》止《め》じゃ、館に帰《もど》ろう」

ふたりは魚籠をだいじに抱えて、愛知川の土堤《どて》までもどってきた。

すると、「もうし……」後ろから呼び止める声がする。ふりむくと、このあたりでは目にしたことのない美しい女がたっていた。

「何用《なによう》ぞ」

犀之助が尋ねると、女はイモトの沢のほうを振り向いて、指をさし、

「あの沢の松にかけておきました衣がなくなりました。もしやお見かけには、ならなかったでしょうか？」

困り果てた女の顔を目にした犀之助は、気のどくに思ったが、

「衣とな？　見かけはせぬが……」

この世のものとは思えぬ衣。家宝にしようと、すでに魚篭に収めてある。ここで口《くち》にまかせれば（でたらめ言えば）、女はあきらめて帰るだろうと思った。ところが、途端に女の顔が蒼白《そうはく》になった。よほど大事なものにちがいない。

「よろしければ無くされたご事情《じじょう》なりと」

犀之助の心がザラついた。

「美しい沢の景色に魅せられて、あの枝に衣をかけ、時を忘れて水浴びをしておりますうちに陽が傾いてまいりましたので、そこまで戻ってまいりますと、衣がなくなっておりました。もしやお見かけなさったのではないかと思いましてお尋ねをしたのでございます」

女は目を潤《うる》ませ、悲愴《ひそう》な面もちで答えた。

「それはお気の毒に。で、では、それがしも共に衣のありかを探しましょう」

犀之助はまたも、口をまかせる（ごまかす）と、そばの菜々に、

「おまえは先に館に帰るがよい。わしは衣が見つかりしだい、帰《いぬ》るゆえ」

と言うなり、あらぬ(別の)方に菜々を引き寄せて、小声で耳打ちした。

「帰《もと》りしだい、魚篭の衣は館の破風に注1隠せ。他言は無用ぞ」

菜々に、そう命じた犀之助は、

「その衣の無くなったのは、どのあたりじゃ」

と女に問い、ともに沢にむかって足をはやめた。

こうして、女とふたりで沢の周りをくまなく調べてみたが、もちろん衣はあろうはずがない。

困り果てた女は、はらはらと涙を落とす。

「わたしは、あの衣がなければ……、帰ることができないのです」

犀之助は驚いた。

「帰れないとは？　どういうことじゃ」

女はその場にうずくまり、ぽとぽと涙を落して泣くばかり。

そんな女の哀れな姿に、返してやろうか……、いやいや、家宝に――

犀之助は心の中で葛藤《かっとう》した。

やがて、あたりが暗くなってきた。

「かように日暮れては、もはや衣を探すのは無理というものよ。明日にしよう。今宵《こよい》はわが館に宿るがよい」

犀之助は女を連れて帰ってきた。

翌朝もふたりで沢へ捜しに出掛けたが、衣はあろうはずがない。

「もはや、いくら探しても見つけることはかなわぬようじゃ。だからと言って落胆《らくたん》することはない。いずれ誰ぞが見つけて通報《しら》せてくれるやもしれぬ。遠慮《えんりょ》はいらぬ、それまで我が館に留《とど》まるがよい。そうせよ」

そう言ってはみたが、すでに犀之助は女の美しさに心を奪われていた。

この世の人ともおもえぬ美しい女と、たくましく才幹《さいかん》にすぐれ、風貌も立派と評判の若い城主である。

まもなく、ふたりは相愛《あい》するようになった。

やがて夫婦《めおと》の契《ちぎ》りを結び、女は、「おこぼ」[注2]と名乗った。

一緒になって枕を共にするごとに、ますます犀之助の心は痛む。隠しごとをもったままでは、まことの夫婦《みょうと》ではない。すぐにも「事実をうち明けよう」そんな思いは募るが、すんなり許してくれればよいが、その反対もある。結果を考えると躊躇《ちゅうちょ》する。「知らぬが仏」のことわざもある。いずれ、時が来れば……と、おもいつつ……。

一年経つと長男が生まれた。

こうした思いを抱きながら、やがて三年が経ち、次男が生まれると、犀之助の心も痛まなくなっていった。乳母の菜々から、

「おこほの方さまは普段《いつも》は明るく、お子さまのお世話をしておられますが、お独《ひと》りになられますと目を伏せ、思い悩やまれるときがございます」

と聞かされても、気にとめることもなくなっていた。

やがてまた、六年目に女の子ができた。

三人の子の親になった犀之助は、日々の暮らしにも不満はなく、幸福《しあわせ》の絶頂であった。その尻《しり》の子も一歳になり、ふたりが夫婦になって七年の歳月がながれた。当時、夫婦になって七年目の七夕《たなばた》の夜に酒宴を張る風習があったといわれる。犀之助夫婦も館の戸をすべて開け放し、広間に縁者、家臣を一堂に集め、心ばかりの祝宴を催した。正面上座《かみざ》に犀之助とおこほがならび、その横で乳母の菜々がしたのふたりの子を膝《ひざ》にのせ、長男はちょこんと菜々に寄りかかって座す。

上座両袖《りょうそで》のひときわ大きな燭台《しょくだい》が、まばゆい焔《ほのお》をゆらしている。

犀之助はとなりに座すおこほに目をやった。

三人の子をもうけ、七年もの月日が流れたというのに、おこほはなんと、日々の変遷《へんせん》を忘れたかのように瑞々《みずみず》しくて美しい――

居並《いなら》ぶ人々も、

「お年をとるのを、お忘れになられたような」

「年を経《へ》るごとに、ますますお美しくなられる」

と囁《ささ》きあっている。

宴《うたげ》がはじまった。

「きょうはおこほを娶《めと》って、七年目の七夕じゃ。みなと祝いたい。無礼講《ぶれいこう》じゃ、気兼《きが》ねなく飲み、食《しょく》するがよいぞ」

宴は進むにつれて酒が盛られて、あちらの者、こちらの者へと杯《さかずき》がとびかった。座は盛りあがっていく。

「みなの者、めでたい宴には歌がつきものぞ。まずは菜々よ、おまえが口火《くちび》をきるがよい」

犀之助が乳母の菜々を指名した。

菜々は館で一番と評判の歌の名手であった。

「今宵は、お子のお守《も》りをしておりますするゆえに……」

菜々は拒《こば》んだが、

「おまえは歌の名手じゃ。おまえが歌えば泣く子も、笑《え》むではないか」

犀之助が請うと、急《せ》かせるように満座《まんざ》から歓声《かんせい》と拍手が沸きあがる。菜々は少々戸惑《とまど》ったが、ややして立ち、

「ではみなさま、歌わせていただきましょう」

したのふたりの子を両手に抱いて、座の真ん中にでた。長男も菜々の尻の辺《あた》りの着物をしっかり握って、ついている。

「おこほの方さまに似て、ほんにかわいいお子たちじゃ」

満座から歓声があがる。

星の光が館の中にまでさしてきた。

菜々が歌いだした。

〝ねんねんころり、ねんころり♪。

熟寝《うまい》する子は賢《さか》しい子。

賢しい子には、お宝あげる。

お宝屋根の破風の中……♪〃

万座からほめたたえる拍手が嵐のように沸きあがった。

「おお！　さすがは館一番の歌い手じゃ。なんと美しき歌声よ」

犀之助も手を打って、菜々の歌をほめたたえた。

「おこほよ。この美酒《さけ》を菜々に注いでやれ」

犀之助は酒の器を取って、顔を横に向けた。

と……、横にいるはずの、おこほの姿がない。

「今しがたまで、お館さまのお隣におられましたのに……」

「どこへ……、行かれたのか？」

たちまち酒宴の場は大騒ぎになった。

「おこほの方さまァ、おこほの方さま」

手分けして館内をくまなくさがしたが、神隠《かみかく》しにでもあったかのように、おこほの姿はようとして知れない。

ややすると、どこからともなく楽《がく》の調《しら》べが流れてきた。

「おお、妙なる調べよ」

「館の外からじゃ」

一同が縁《えん》にとびでると、その調べは天《てん》からふっていた。

天《あま》の川《がわ》が東から西に一直線にのび、綺羅星《きらぼし》が満天《まんてん》を埋め尽くしている。その中空に薄絹《うずぎぬ》をまとったおこほが、スポットライトに照らされたように浮かびあがって、調べにのって天空を舞っていた。

やはり、おこほは天女《てんにょ》であったのか……！

犀之助は、まえまえからそんな思いを心の奥底に抱いてはいた。おこほは天にもどってしまえば再び、こちらへ戻ってくることはないだろう。

「おこほよ　もどってくれ！」

犀之助は叫びつづけた。

おこほはなごりを惜しむかのように、しばらく天空を舞っていたが、やがて、吸い込まれるように天の川へ消えた。

「とうとう、お行きなされたか……」

そのあとを追うように、菜々の悲壮《ひそう》な声が響いた。

「七年もの間、おこほの方さまの苦悩を見てまいりましたが、もはや隠しとおすことができなくなり、衣のありかを歌によんでしまいました。まさか三人ものお子を残して行かれるとは思いませんでした。でもご心配くださいますな、この子たちは大事に、だいじにお育てもうします」

菜々は三人の子を抱えて、いつまでも天を仰いでいた。

一筋《ひとすじ》の星が流れて、天の川を切るようによぎった。

〝かりそめに、なきしふすまの、七とせに、
妹のかたみの、たねをばのこす〟

菜々は、そう口《くち》ずさんだ。

おこほが水浴びをした沢は〈おこぼ池〉と呼ばれ、今に小椋郷《おぐらごう》妹村にこの羽衣伝説がのこる。

注1・破風

切妻や入母屋屋根の妻側にできる三角形の外壁部分。もとは屋根の先端についている山形の装飾板をさし、垂直な面に当たる風が左右に分かれることから破風といわれた。形状により切妻破風、入母屋破風などの種類がある。

注2・おこほ

この伝承は若き鯰江城主と美しい天女の悲劇を語り継いだものだが、この話の奥には、東近江鯰江才助の娘で十六歳、童女の面影が残る見目麗しく、人に聞こ

えた儒教に長けた才女であったおこほが、豊臣秀吉の甥の関白、豊臣秀次の側室になったがために、秀吉の換気をこうむった秀次が切腹を命じられた事件に連座して室（妻）や側室たち三十余名と共に京の三条河原で斬殺された。その悲劇的な事件に重ね合わせた物語だと言われる。

かぶられ地蔵

山道には絨毯《じゅうたん》を敷き詰めたような色とりどりの落ち葉が続く。カラカラ、サクサクと落ち葉を踏みしめる音が、ここを往来する者には心地よい。だが、晩秋の山間は日の暮れるのも早い。

「やっと長瀬《ながせ》か。もう半時《はんとき》(一時間)もせん間《ま》に陽《ひ》が落ちる、急ごう」

ひとりの彦根《ひこね》商人が伊勢の松坂《まつざか》から君《きみ》ヶ畑《はた》を経《へ》て彦根に帰る道中であった。茨《いばら》川《がわ》の茶屋を通りすぎ、長瀬の二本丸太《にほんまるた》の橋までもどってきた。

その橋の袂《たもと》に、地蔵がある。

「君ヶ畑まで、もう一寸《ちょっと》や! 追《お》いはぎにも、熊《くま》やオオカミの難にも遭わず、ここまで無事に帰《もん》れたのも、みーんなこのお地蔵さんのご加護《かご》や。ありがたいことや」

仏心篤《あつ》い商人は行商《ぎょうしょう》の行き帰りに、必ず、この地蔵に香華《こうげ》を供《そな》えて旅の無事を祈願していた。そして今、この商人が香華を供えて橋を渡ろうとした、その時だった！

ざっく、ざっく、不気味な足音が幾重《いくえ》にもなって、聞こえてきた。

「もしや、オオカミの群れかもしれん！」

商人は身震《みぶる》いした。

オオカミは人をも襲う。しかも群れで行動する時は獲物《えもの》を狙《ねら》っている、前触《まえぶ》れだ。

商人は恐怖のあまり、後ろも見ず一目散《いちもくさん》に橋を渡りきった。と、その背後で、

「ガウ、ウー」

「ウ、ウー、ガウッ」

凄まじい唸《うな》り声がした。

商人の顔から血の気が引いた。

ふり向くと、いましがた香華を供えた地蔵に、狼の群れが牙《きば》を剥《む》きだし、爪をたてかぶりついている。

「うひえッ、あわわッ」

商人は、言葉にもならぬ、怯《おび》え声をあげ、

「き、きっとお地蔵さんが、わしの身代わりになってくだはったのや」

地蔵に向かって手をあわせると、君ヶ畑に向かって、とんで逃げた。

やがてこの地蔵は誰いうともなく、「身代わり地蔵」と呼ばれるようになった。

魚人伝承

その一　冥土の鏡

菖蒲《しょうぶ》が咲き始めた、夏のはじめのこと。

淡海《あふみ》（琵琶湖）の湖面を薫風《くんぷう》がよぎり、波は凪《な》いで岸辺を洗う。そこを聖徳《しょうとく》太子《たいし》がお通りになった。すると、

「もうし、もうし」

汀《みぎわ》から呼び止める声がする。聖徳太子が声の方に目を向けると、葦原《あしはら》の影の水面《みなも》から、ひとりの男が顔をだしている。鬢《びん》は白くて皺《しわ》深く、色浅黒い翁《おきな》である。

「どうしました?」

聖徳太子が尋ねると、

「実はわたしは、人であって人ではございません。こんな姿に成り果てました、

魚人《うおびと》でございます」

翁は水面《すいめん》にしぶきをあげて、尾《お》ヒレを見せた。

「おう！　それは……」

聖徳太子は、一瞬、言葉をのみ、

「さような姿になられたのには、ふかい因果《わけ》がおありでしょう」

と尋ねられた。

翁は語りはじめた。

「わたしの前世《ぜんせ》は、堅田の漁師でございました……」

翁の家系は代々漁師で、子どもの頃から魚を獲《と》るのがとても上手《うま》かった。釣っても網《あみ》ですくっても、どんな大物も、この翁にかかればひとたまりもない。

村人は、「淡海一《いち》の魚《うお》とりの名手《めいしゅ》だ」と讃《たた》えた。

「ひゃー、こんなに仰山《ぎょうさん》！」

村人が喝采《かっさい》すると、翁は、

「どうだ、こんな大物《おおもん》だぞ」

と、獲《と》って獲って獲りまくり、浜辺に魚を山と積みあげた。

ところが、いつしか村人は、そんな翁に眉《まゆ》をひそめるようになった。

「ほこまで（そこまで）獲らいでも、よかろうに」

「魚にも、ちゃんと命はあるんやで。しまいに冥罰《ばち》があたるぞ」

村人が諭《さと》しても、

「ほんな冥罰、あたるもんかい！」

と、翁は一蹴《いっしゅう》した。

生けるものすべて、贄《にえ》で生命《いのち》をたもっている。食べなければ死に至《いた》るが、食べすぎは贅沢病《ぜいたくやまい》の原因《もと》になる。ようよう自己《おのれ》の生命《いのち》がたもてるだけのものがあればよい。ましてや自分を誇示するために殺生《せっしょう》をくり返し、食べもせずに捨てるなど以《もっ》てのほか。

だが、この翁は無益《むえき》な殺生《せっしょう》をくり返しながら、その一生をおえた。


ここは冥土《めいど》のお裁《さば》き場《ば》（裁判所）。

翁は閻魔《えんま》大王の前にひきだされ、裁きをうけることになった。

「この亡者《もうじゃ》、いかなる刑に処すべきや」

閻魔大王が、十王《じゅうおう》に意見を求めた。十王とは閻魔大王の配下《した》で働く、十名の

裁き役人たちだ。そのひとりが、

「この者は魚にも命があることを思いやらず、仏法《ぶっぽう》を軽《かろ》んじ、好んで無益な殺生をくりかえしてきた。まさに重罪、無間地獄《むげんじごく》に落とすべきでございます」

と主張した。すると、もうひとりの十王が、

「この者、娑婆《しゃば》では漁師を生業《なりわい》としておった。殺生をなすも生業のため、いたしかたあるまいかと思います」

と庇護《ひご》する。閻魔大王はふたりの異《こと》なる見解《けんかい》に、

「いかになすべきや」

ビデオのように見せる「業鏡《ごうきょう》」を睨《にら》み、翁の前世の行いを図っていたが、

「この者を魚《うお》どもが、いかに思念《しねん》しておるか、それにまかせるとしよう」

と、次のように判決をくだした。

「すがたを人魚《にんぎょ》にする刑に処す。魚どもがどのような意趣返《いしゅがえ》し（仕返し）に及ぶか、おのが身で知るがよい」

こうして翁は、人魚にされて淡海に放たれた。

すると、たちまち鯉《こい》や鮒《ふな》、鯰《なまず》や鮎《あゆ》やモロコにいたるまでぞくぞくと、人魚のまわりに集まってきた。

「子どもたちを、返《かや》せ！」

「嫁《つれあい》を、どこへやったのや」

「大切な親を殺しやがって」

口々に泣き喚《わめ》き、ボロボロと涙を落す。その時だった。突然、一匹の大フナが口元《くちもと》をとんがらせて、

「むげな殺生をした、報《むく》いや」

人魚につっかかってきた。

それをきっかけに、まわりの魚が一斉《いっせい》につっつきだした。百《ひゃく》、二百《にひゃく》、やがて何千《なんぜん》、何万《なんまん》もの魚が襲ってきた。皮膚《ひふ》は破れ、血が噴《ふ》き出し，全身傷だらけで、人魚は湖底に沈んだ。

こんな意趣返しが、幾日にも及んだ。

「これほどまでの責《せ》めを受けるとは……。生前《せいぜん》、いかにみなを苦しめ、仏法を軽んじてきたことか。魚の命の尊さなど、まったく思いもしなかった……」

人魚はその罪深《つみぶか》い、おのれの業《ごう》をふかく悟《さと》ったのだった。

「いまはただ因果応報《いんがおうほう》、前世の業《おこない》を悔い改める身でございます。いかに懺悔《ざんげ》す

ればよろしいのでしょうか」

人魚は聖徳太子にすがりついた。

「ここより東の峰、織山《きぬがさやま》に観音菩薩《かんのんぼさつ》を刻んで寺を建立《こんりゅう》してあげましょう。朝な夕なに、この波間より悔悟《かいご》の心を大切にされ、祈りに没頭《ぼっとう》なされよ」

聖徳太子は諭された。すると、人魚は、

「観音菩薩をお祀りくださりますれば、そのお膝《ひざ》もとにまいりとうございます。わたしは陸では歩けぬ身体《からだ》、どうか御寺《みてら》へお連れくださいませ」

と請《こ》うた。

「水から出れば、生命《いのち》が保てないのではありませんか」

聖徳太子は心を配られたが、

「殺生を生業としてまいりましたこの身《み》など、ご憐憫《れんびん》にはおよびませぬ」

人魚は、聖徳太子に身を委《ゆだ》ねた。

やがて聖徳太子は身丈《みのたけ》三尺三寸の観音菩薩を刻み、織山に観音正寺《かんのんしょうじ》[注1]を建立された。そして、人魚はすぐに寺へ運びこまれた。

「水からあがって、はたして大事ないやろうか？」

村人たちは心を痛めたが、人魚は観音菩薩の御前《おんまえ》を片時《かたとき》も離れなかった。

月日が流れた、ある日のこと。

「大変や！　に、人魚が……」

寺に立ち寄った村人のひとりが悲壮な声をあげた。

みなが本堂に駆けこむと、顔をもたげて歯をくいしばり、観音菩薩にすがりつくようにして、人魚は小さくなって干《ひ》からびていた。

「おう！　水気《みずけ》を失い、苦しみながら、こんな哀れな姿にならはって」

村人は手を合わせて涙した。

「悔悟《かいご》の真《まこと》に至《いた》らはったのや。観音さんのおそばでいつまでも、供養《くよう》をしてやろうやないかい」

悟得《ごとく》（迷いから脱し、悟りを開いて真理をつかむこと）してミイラとなった人魚は慈悲《じひ》のご光《こう》に包まれながら、寺で大切に守られてきた。

それから千四百年の年月が流れた平成五年（一九九三）五月二十二日、観音正寺の本堂で火災が発生。人魚のミイラは、ご本尊の観音菩薩とともに灰燼《かいじん》に帰した。

「観音さまのご慈悲に導《みちび》かれて、やっと、まことの仏土《ぶっど》へ旅立《たびだ》たはったのや」

村人は涙して別れを惜しんだ。

もうこの世で、人魚のミイラを目にすることは二度とない。

注1・観音正寺

琵琶湖の東、標高四三三mの繖山の中腹にある古刹。寺伝によれば用命天皇の勅願により推古十三年（六〇五）、聖徳太子により創建され、近江国十二箇所の祈願寺の一つとして、太子自ら千手観音の像を刻まれ、この地に安置されたとある。ところが平成五年（一九九三）の大火で重要文化財のご本尊、毘沙門天像など仏像九体とともに、本堂が消失した。出火原因は今も、不明。寺は平成十二年（二〇〇〇）三月、筆者の中学時代の同級生、宮大工の木澤源平君の手により再建された。

その二　人魚塚《づか》

東近江川合《かわい》村に、聖徳太子ご建立と伝わる願成寺《がんじょうじ》がある。

その昔、願成寺にそれは美しい尼僧《にそう》がいた。

いつの頃からか、その尼僧に、身の回りの世話をする小姓《こしょう》がつくようになった。寺で念仏をするときも、出かけるときも、片時も尼僧のそばを離れずに寄り添っていた。

ところが、夕方になると、その小姓は姿をかき消すように寺からいなくなる。

時がたつほどに、村人はそれが不思議でならなかった。

「あの小姓《いそ》は、どういう素性《すじょう》で、どっから来てはるのやろうか？」

だれひとり身元を知るものはいない。

ある日のこと、
願成寺の本堂の影で、村の若衆数人が頭をつくねて相談していた。やがて話がまとまったのか、その一人が、ポン、と手を打った。

「よっしゃ。これできまりや。小姓さんのあとをつけて、どこへ帰《い》なはるのか、この目で確かめよう」

「へ、へ、へ、こら楽しみや」

若衆たちはそのまま、日が暮れるのを待った。

やがて西山に陽が落ちた。すると、小姓が庫裏《くり》から出てきた。

「シーッ」

若衆たちは爪立《つまだ》て、身をかがめて小姓のあとをつけた。

ここは蒲生川の堤である。

もう陽もおちて久しく、あたりは薄暗い。河原には葦《よし》がうっそうとしげり、人っ子《ひとっこ》一人通らない。

「おい、こんな寂《さび》しいところまで来てしもたけんど、この先は淵《ふち》があるだけで、人家《いえ》はないはずや。どこへ帰《い》によるのやろうか?」

若衆たちは堤のかげに身を隠しながら、小姓のあとをつけていたが、次第に気味悪くなってきた。

その時である。

前方を行く小姓の姿が、薄闇《やみ》に吸われるように、フッ、と消えた。


村ではその話題で持ちきりになった。

その頃からである。

あれほど律儀《りちぎ》に尼僧の世話をしていた小姓が、姿を見せなくなった。そして、尼僧も寺にこもりきるようになった。

しばらくすると、

「川遊びの子どもが、神隠《かみかく》しにあう」

「さいさい火事がおきる」

村で災厄《わざわい》がつづいた。やがて、

「蒲生川に棲《す》む魔物《まもの》の仕業《しわざ》や」

という、噂がたつようになった。

そうしたとき、都で一大事がおきた。

時の天子さまが重いご病気になられた。

禁裏《きんり》の名医といわれる薬師がお診《み》たてしても、いっこうによくならない。そこで、都で一の陰陽師《おんみょうじ》に見立てさせると、

「近江の蒲生川に棲む、人魚の仕業でございます」

と占いにでた。

「すぐに退治せよ」

との命《めい》に、都から菅原道真公《すがわらのみちざね》が大勢の検非違使《けびいし》をともなって派遣された。

道真公は村の若衆から小姓が消えたところを聞きだし、

「そのあたりにいるにちがいない。すみやかに捕らえよ」

と命じた。検非違使たちは村人を伴って川岸をとりかこんだ。ややすると、

「あそこに、いるぞ!」大声があがった。

「それッ」と、検非違使たちがはしる。

その騒ぎに浅瀬《あさせ》にいた人魚は驚いて、深い淵《ふち》に姿を隠した。

「網《あみ》をしかけろ」

逃げ込んだ深みを中心に、上流と下流に網が仕掛けられた。

「もはや、逃げ場はあるまい」

人魚を追い詰めた道真公が、天皇の宣命《せんみょう》を深みに向かって読みあげると、人魚は川から跳ね出て、切り立った岸辺の岩に自らの体を打ちつけて死んでしまった。

「二度と災《わざわ》いをもたらさぬように」

道真公は、小野村の久世傍《くせぼう》に人魚の遺体を埋め、径三尺《けいさんじゃく》（直径約一メートル）の石を上に置いて封じ込めた。

そこを「人魚塚」と呼びつたえて、村で厳重に見守りつづけた。それ以降、災いはまったくなくなった。

道真公はのちに、太宰府《だざいふ》へ左遷《させん》されて亡くなったが、

「災いをもたらす人魚を鎮《しず》めてくだはった、恩人や」

村人は塚のそばに祠をたて、道真公をお祀りした。今に「天満宮」[注1]として崇

敬されている。

和歌山の高野山、刈萱堂《かるかやどう》に推古《すいこ》二十七年（六一九）近江の国・蒲生川で捕獲されたと伝わる人魚が祀られている。なお、小野にある、近江朝の官僚で学頭《がくとう》職《しょく》を任じられた百済《くだら》からの渡来《とらい》人・鬼室集斯《きしつしゅうし》の墓といわれる石碑も、「人魚塚」との噂がある。

注1・菅原氏と天満宮

古代の豪族土師氏の出身で道真公の曾祖父古人公が菅原と改姓。文道をもって朝廷に仕える清公《きよきみ》公、是善《これよし》公に続く文章博士《もんじょうはかせ》の家系。五歳で和歌を詠み、十歳を過ぎて漢詩を創作し神童と称される。十八歳で文章生、二十三歳で文章得業生、二十六歳で方略式に合格し、三十歳の頃、島田宣来子《しまだのぶきこ》を妻に迎え、三十三歳で式部少輔、文章博士となり、学者としての最高位に栄進。一時、讃岐守という地方官へまわされたが慈父のごとき善政を行い住民に慕われる。京へ戻ると宇多天皇の厚い信任を受け、蔵人頭などの政治の中心で活躍。五十歳の時には、唐の国情不安と文化の衰退を理由に遣唐使停止を建議。五十五歳で右大臣に任じられ、ついに延喜元年一月七日、藤原時平とともに従二位に叙せられたが、その直後、急転して大宰府へ左遷。左遷というより配流に近い窮迫の日々を送りながらも、天を怨まず国家の安泰と天皇の平安を祈り、ひたすら謹慎し、配所から一歩も出なかった。劣悪の環境のなか、ついに健康を損ない、京に残した夫人の死去の知らせに、ますます病は重くなり、ついに延喜三年（九〇三）二月二十五日、白梅の花びらが散るように亡くなった。遺骸は門弟の味酒安行によって大宰府の東北の地に埋葬され、天満宮が創建された。その後、道真公に罪なきことが判明し、人から神の位に昇り、天満天神、学問の神、文化の神として現代に至る。京都の北野天満宮をはじめ、全国に数え切れないほどお祀りされている。

目のお薬

瓶割山《かめわりやま》のふもとに上平木《かみひらぎ》集落がある。

その里長《さとおさ》にひとり娘がいた。名はお沢《さわ》といい、幼いときから蝶《ちょう》よ花よと大切に育てられ、里人からは「天女《てんにょ》のような美しさや」と羨望《せんぼう》の的であった。

ところが、どうしたことか、ある年の晩春の季《き》の変わりめに、つぶらな瞳《ひとみ》が赤くただれ、頬《ほお》まで腫《は》れあがって、見るも無残《むざん》な顔になってしまった。

権力も財力もある里長である。金銭《かね》にいとめをつけずにあちこちの薬師《やくし》（医師）や呪術師《じゅじゅつし》に診《み》たてさせたが、快癒《かいゆ》する兆《きざ》しはまったくない。

「どうしたものか、どしたらよかろうか」

里長の悩みは一入《ひとしお》でない。ただただ、うろたえるばかり。

そんなある日、ひとりの里人が、

「野寺《のでら》の薬師さんに診ていただいたら如何《どない》ですやろう。都にまで知れ渡る名医と評判ですわ」
と言上《ごんじょう》した。野寺は瓶割山から南に約一里（四キロメートル）、雪野《ゆきの》山の南のふもとに建つ寺である。そこに住持《じゅうじ》する薬師が名医と聞いてはいたが、「何ゆえ、いつ、どこから来られたのか?」も定かでない。ナゾの多い人物であったので、里長は診たてを請《こ》うのを躊躇《ためら》ってきた。ところが、信頼のおける里人の言上ということもあって、「ほれは良い情報《こと》を教えとうくれた」と、早速、野寺の薬師のもとへ使いを走らせた。

薬師はすぐに里長の屋敷にやってきた。

高貴な品格と威厳《いげん》を備え、眉目《びもく》も秀麗《しゅうれい》な人物である。

「里長どの、この里には『神の霊泉《れいせん》』があると聞いております。その霊水でお沢さまの目を洗い清め、その上で薬の調合にも用《もち》いとうございます」

と薬師は言った。この霊泉は村はずれにあり、往古、聖徳太子が蘇我馬子《そがのうまこ》に命じて掘らせ、清水が湧《ふ》きでた池であった。薬師はその日から、お沢の手を引いて霊泉で目を清め、薬の調合にとりかかった。それからというもの、薬師はお沢のそばを片時も離れず、治療《ちりょう》と看病《かんびょう》に献身《けんしん》した。

お沢もまた、霊泉へ手を引かれて通《かよ》うたびに、薬師の手のぬくもりを恋しむ《いとお》ようになっていた。

こうした治療のおかげで、お沢は日を経《へ》るごとに快癒していく。やがて、お沢の難病《やまい》は治癒《ちゆ》し、前にもまして、ぱっと開いた花のような瞳の輝きを取り戻した。よろこんだ里長は、山と成す金子《きんす》や、高価な品々をさしだした。

ところが薬師は、

「みなさまのお喜びになられるお顔を見るのが、なによりの報酬《おれい》でございます」

と告げ、何も受け取らずに、淡々《たんたん》とした態度で帰っていった。


それからしばらくすると、お沢は一日中、物思《ものおも》いにふけるようになった。薬師に神の霊泉まで手を引かれて通った、あの手の温もりがますます、忘れられなくなっていた。

「いま一度、お逢いしたい……」

身を焼く想いで南の雪野山を見つめ、深い溜息をつく日がつづいた。

そんなある日。

お沢は薬師を訪ねて、野寺にやってきた。

「どうぞ、わたしをお側《そば》においていただきとうございます」

だが薬師は、お沢の想いを察したものの、

「わたしは都に残した仕事があります。あなたさまは里長の娘として村人のお手本にならなくてはなりません。お身の上をとくとお考えになり、わたしごときは忘れて、お帰りくださいますように」

薬師はお沢を諭《さと》す。お沢は両手で耳を押さえて頭《かぶり》をふった。

「このまま帰れと仰せになるのでしたら、いっそ、あの瀬に……」

寺のふもとから瀬音がかすかにする。細い指先で華やかな着物の袖《そで》をつまみあげ目頭《めがしら》をおさえた。お沢は命をかけている。

「そこまで仰せになられるのでしたら、萩《はぎ》が咲く頃までおまちくだされ」

薬師は、お沢の肩にそっと手を添えた。


夏が過ぎた。爽《さわ》やかな青空にちぎれ雲が流れて、上平木の里にも萩が小さな紅の花をつけだした。

「今日こそ、お情《なさ》けを……」

そんな思いのお沢の姿が野寺にあった。

だが、応対にでた寺の和尚は、お沢にとって、むごい言葉を口にした。

「おきのどくじゃが、薬師さまは迎えにこられた奥方《おくがた》と、都のいずこえか、お帰りになられました」

手のひらで数珠《じゅず》を揉《も》みながら、

「はるばる、ござったのにのー」

和尚は気の毒そうに言葉を重ねて目を伏せた。


その日の昼過ぎ、「神の霊泉」に黒髪を長く漂わし、あたかも蛇身のかたちに浮かぶ、お沢の亡骸《なきがら》があった。

やがて、この霊泉は「眼のお薬《くすり》」と言われるようになり、お沢は「目の神様」と崇められるようになった。

お薬師さんの踊り

鎌倉時代の頃、年が明けて間もなくのこと。

破塚《こぼしつか》[注1]（現在の市辺町）の里は、大雪に見舞われていた。

村長《むらおさ》の三歳になるひとり息子が高い熱をだし、寝込んでいる。

「だんなさん、た、大変です。お坊ちゃんのご容態が……」

女中が村長の前に飛んできた。

「なんやと！　どないしたというのや」

村長が寝間《なんど》に駆けつけると、

「こ、この子が……」

女房が息子を抱えてうろたえている。

息子はひきつけを起こして体を硬直《こうちょく》させ、血の気をなくして目をむいている。

息子の名を叫んで、ほほを叩いても反応がない。

「こら、あかん。死んでしまうが」

村長は、息子を救ってくださるのは仏の霊力《ちから》に頼《たよ》るより外に道がない、と着《き》物《もの》を脱ぎ捨て褌《ふんどし》ひとつで井戸端に走ると、冷水を頭から浴び、裸足で屋敷を飛びだした。

「お薬師《やくし》さんにおすがりしよう」

村長は、朝な夕な善男善女の礼拝が絶えることのない霊験あらたかな村中《むらなか》の法徳寺薬師堂《ほうとくじやくしどう》に、駆け込んだ。お堂に安置される薬師如来は両脇に四天王と十二神を従えている。

小半時《こはんとき》(約一時間)ほどして、「願掛《がんか》け」をおえた村長が屋敷に戻ると、布団の中で息子は安らかに眠っていた。

「おおォ、お薬師さんのご利益や！　息子をお救いくだはった」

村長は涙して観音堂に向かって伏し拝んだ。

その翌日、村長は、

「ちょうめはねじっこく(ねばりけのある)て生命《いのち》ながらえる木ゃ。これに、人の命を育《はぐく》む稲穂に見立てた餅をつけ、子孫繁栄《しそんはんえい》・五穀豊穣《ごこくほうじょう》を願おう」

と、繭玉《まゆだま》を作って薬師堂に奉納した。

これが、「チョーチャイ、チョーチャイ」の掛け声とともに踊り廻り、やがて御堂の梁《はり》に供えた繭玉を我先に奪い合う、現在の裸まつり[注2]に発展したとされている。


それから年月が流れた。

その年もまた、元旦から雪が舞っていた。

正月八日、「裸まつり」の当日には、早朝から猛吹雪《もうふぶき》になった。

積雪は人の背丈はおろか、家の軒下にまで達した。

「これではとてもやないけんど、外へは出られへん。毎年の護摩供養は中止《やめ》な仕方《しょが》ないわい」

「ほうやけんど(だけど)、なんぼこの雪でも、夜の裸おどりの時間《ころ》までには、止むやろう」

閉めきった雨戸が雪の重みに耐えかねて、ギシッ、ビシッと、不気味な音をたててきしむ。

「家が壊《つぶ》れへんやろうか」

村人は息を潜めて、吹雪が止むのを待った。ところが、どうしたことか、夕方になっても一向にしずまりそうにない。

「道がどこにあるやら、一寸先《いっすんさき》も見えん」

「こんなちょうしやったら雪《ゆっ》カキもでけんが。とてもやないけんど薬師堂へは行けんがな」

参拝する村人はおろか、裸おどりに参加する若衆連中までもが二《に》の足《あし》を踏んでしまった。それでも、薬師堂の隣家の数人がお堂に集まっていた。

時間は刻々と過ぎる。

吹雪は静まるどころか、ますますきつくなるばかり。隣人の他には、だれひとり集まってこない。

「これではドモならん。今年の裸まつりは中止《やめ》や」

集まった者はみな、帰ってしまった。

しばらくすると、雪が小ぶりになってきた。すると、

「あれッ？」

薬師堂から太鼓《たいこ》の音と、賑《にぎ》やかに踊る声がするではないか。

「今夜の裸まつりは中止《やめ》になったはずやのに？」

村人は雪をかき分けてお堂に行き、扉の隙間を覗いて仰天した。

「ありゃー、お薬師さんが……チョーチャイ、チョーチャイやて」

お堂の真ん中で、お薬師さんが踊っておられるではないか。

村人は目を丸めて、顔を見合わせた。

「お薬師さんは、よっぽどオドリが好きなんやろうか」

「ほやない。わしら村のために子孫繁栄と五穀豊穣を願って、踊っていてくだはるのや」

「ほの（その）とおりや。どんなことがあっても続けなあかん」

それ以降、この行事は間断なく、今に至っている。

注1・破塚村

古墳などを田畑に開拓して誕生した村で、古くは破塚《こぼしつか》村と書いていたが、住民が「破」の字を嫌って古保志《こぼし》村と当てた。明治以降に東古保志塚村と西古保志塚村が合併して市辺《いちのべ》村になった。村に現存する古墳が市辺押磐皇子の墓と伝えられていることから、市辺の名前がついたといわれる。

注2・裸まつり

古来日本の農耕社会は五穀豊穣と、逞しい男性の働き手と家督の維持、子孫の繁栄が欠かせず、裸祭を通じて村の長老や女性に裸体を披露し、嫁を探す場となっていた。特に、家督の継げない次男、三男は入り婿先に招かれる重要な機会であり、自己の逞しさを演出する唯一の場でもあった。裸祭には神木の取り合い等が多いのは闘争能力の高さが男性の強さや生殖能力の象徴であることを示している。また、娯楽の少ない冬場で鬱積した気分を解消させ、暴走を抑えることも目的の一つだった。東近江市西市辺村にある法徳寺薬師堂で行われる裸祭は鎌倉時代からの行事で、毎年、一月八日、夜七時より行われる。参加者は独身の男性で精進潔斎《しょうじんけっさい》して堂内に入り酒式《しゅうし》の宴を繰り広げたあと一斉に着物を脱ぎ捨て暗闇の中で大太鼓を合図に「チョーチャイ、チョーチャイ」の掛け声とともに踊り廻り、やがて我先に仲間の肩などを借りて十尺ほどの高さの梁《はり》に供えた繭玉「幸運の玉」に飛びつき、奪い合う。これを奪った若者は良い嫁が来て、村一番の幸福者になれるという。

湯壷のばち

旅人を水口宿《みなくち》へ送った馬子《まご》の三吉《さんきち》が、馬の手綱を引いて鳥越峠《とりごえ》（八日市大森峠）まで戻ってきた。昔からここには、こんこんと湧きでる温泉があった。

「今日《きょう》は、ほんまに暑い日や！　こんなに汗が……、ひと浴《あ》びするか」

さっそく、三吉は藍染《あいぞめ》の半被《はっぴ》と股引《またひき》（ズボン）を脱ぎすて、湯壷《ゆつぼ》に飛び込んだ。

「ふーッ、いつもながら、エエ湯や」

この温泉は近郷近在の村人はおろか、ここを通る旅人たちも自由にはいれ、人々の疲れを癒《いや》す憩《いこ》いの場であり、旅の話に花を咲かせる語らいの場でもあった。とくに天気のよい日には、人影が絶えることなく賑《にぎ》わうが、やはり山中《さんちゅう》のこと、陽《ひ》が傾きかけると、とたんに閑散《かんさん》となる。

「大《いか》い湯壷で、わしひとりになってしもうたか、なんや寂《さび》しいなぁ」

それでも、ゆっくり体を休めた三吉は、

「すっかり陽も落ちたし、そろそろあがるか」

湯壷を出て身支度《みじたく》すると、「さあ、帰《い》のう」と馬の手綱を引いた。

ところが馬は、よだれをたらして喘《あえ》いでいる。やたら元気がない。

「今日はことのほか忙《いそが》しゅうて、三往復《さんおうふく》も客を運んでくれた。きっと疲《せんど》しておるんやろう。湯に入れてやれば、疲《つか》れもとれるにちがいない」

三吉は馬の手綱を引き、湯に引き入れようとして、ハッ、とした。

「ほや！　この湯に畜生《ちくしょう》を入たらあかんのやった」

あわてて湯口で轡《くつわ》をひきもどした。往古《おうこ》より、この温泉は「十禅寺《じゅうぜんじ》の湯」とよばれて神聖視《しんせいし》され、「決して汚《けが》してはならぬ」と畏敬《いけい》されてきた。

「おっと、とんでもない事をしてしまうとこやった」

ところが、馬を湯口から引き戻したとたん、後足《うしろあし》を絡《から》ませて、ドテーン、と膝《ひざ》をついてしまった。

「こらあかん！　どえろう馬は疲《せんど》しおる。ほうや、幸い今はダレも見ておらん。十禅寺さんにも、ちょっと目を瞑《つむ》ってもらおうかな」

ふたたび、三吉は湯口に馬をひき、前足だけを湯に入れた。と、その途端《せつな》、馬は悲鳴のように嘶《いなな》くと、三吉の引く手綱を振り切って逃げだした。

「待てッー・」

慌てふためいて後《あと》を追ったが、その姿を見失《みうしな》ってしまった。

「きっと、馬は……、大森《おおもり》に駆け戻っとるにちがいない」

大森村は、三吉の住む村だ。

三吉が息せき切って村まで戻ってみると、馬は十禅寺の境内で泡《あわ》を吹いて死んでいた。

「えらい、こっちゃ！」

この騒ぎに村人が、ゾクゾクと集まってきた。

「この死にかたは、ただ事ではないぞ」

「まさかと思うが、峠の温泉に馬を入れたのやないやろうな」

村人が、三吉に問うた。当初は、「ほんなことするはずなかろうが」と、口《くち》をまかせていた（でまかせを言っていた）が、

「入れたに違いない」

「ほうに（そうに）違いない」

と詰め寄られ、ついに、三吉は隠し切れなくなった。

「ほれは、えらいことや。十禅寺さんの祟《たた》りにあうぞ」

「湯も枯れてしまうかもしれんで」

やがて村人が憂慮《ゆうりょ》したとおり温泉は干しあがり、馬子の三吉も何所《いずく》へともなく、姿を消した。それ以降、峠の賑わいはなくなった。

郵便はがき

お手数ながら切手をお貼り下さい

522-0004

滋賀県彦根市鳥居本町655-1

サンライズ出版 行

〒

■ご住所

■お名前《ふりがな》　■年齢　歳　男・女

■お電話　■ご職業

■自費出版資料を　希望する ・ 希望しない

■図書目録の送付を　希望する ・ 希望しない

サンライズ出版では、お客様のご了解を得た上で、ご記入いただいた個人情報を、今後の出版企画の参考にさせていただくとともに、愛読者名簿に登録させていただいております。名簿は、当社の刊行物、企画、催しなどのご案内のために利用し、その他の目的では一切利用いたしません（上記業務の一部を外部に委託する場合があります）。

【個人情報の取り扱いおよび開示等に関するお問い合わせ先】
サンライズ出版 編集部　TEL.0749-22-0627

■愛読者名簿に登録してよろしいですか。　□はい　□いいえ

ご記入がないものは「いいえ」として扱わせていただきます。

愛読者カード

ご購読ありがとうございました。今後の出版企画の参考にさせていただきますので、ぜひご意見をお聞かせください。なお、お答えいただきましたデータは出版企画の資料以外には使用いたしません。

●書名

●お買い求めの書店名（所在地）

●本書をお求めになった動機に○印をお付けください。

1．書店でみて　2．広告をみて（新聞・雑誌名　　　　　）

3．書評をみて（新聞・雑誌名　　　　　）

4．新刊案内をみて　5．当社ホームページをみて

6．その他(　　　　　)

●本書についてのご意見・ご感想

購入申込書

小社へ直接ご注文の際ご利用ください。
お買上 2,000 円以上は送料無料です。

書名	(　　　冊)
書名	(　　　冊)
書名	(　　　冊)

タライの大蛇

八日市の東方に、如来村《にょらい》がある。

旧暦《きゅうれき》の六月一日（現暦七月半ば）に行われる萱尾大滝神社《かやおおおたきじんじゃ》注1大祭の宵宮《よいみや》になると、どこからともなく身元も家柄も謎の美しい姫があらわれて、村の豪族、高畠甚太夫《たかはたじんだゆう》の居館《いやかた》に一泊されるのが恒例《こうれい》になっていた。

甚太夫家には姫が宿泊される度《たび》に多くの財や幸運がもたらされ、嫡子《ちゃくし》に恵まれ、家臣や家人《けにん》注2も増えた。

家運は大いに栄え、甚太夫は村に如来堂《にょらいどう》や念仏寺《ねんぶつじ》、善光寺《ぜんこうじ》など七堂伽藍《しちどうがらん》を寄進した。すると、

「ここの村には、りっぱなお寺や、お堂が、ぎょうさんあるほん。お参りさせてもらうと、徳《とく》がもらえるそうや」

「ほんになー。霊験あらたかな如来《にょらい》さんもおられるもんな」

と噂され、現代で言う観光地のようで、各地から多くの拝観者が訪れる。やがて村は、「如来村」と呼ばれるようになった。

そんな徳を備えた姫を、甚太夫家では「瀬田《せた》の乙姫《おとひめ》さま」と呼んで崇拝した。

「まもなく乙姫さまがおでましなさる。万事《ばんじ》、抜《ぬ》かりなきように」

甚太夫は家臣や家人に指示した。

居館には、「乙姫さまの部屋」が設《しつら》えてある。早朝より、きれいに片付け、新しい織物を敷き、その四隅《よすみ》には注連縄《しめなわ》を張り、部屋の真ん中に大タライがおかれた。

「よし。これで湯あみの用意は万全じゃな」

すでに、カマドの大釜には湯がたっぷりと炊《た》かれている。乙姫に旅の疲れを癒《いや》してもらうためである。

やがて夕刻《ゆうこく》になった。

「乙姫さまがおつきなされました」

家臣や家人の声が飛び交う。

「よくぞ、おいでくだされた」

甚太夫自《みずか》ら、居館の東の門まで出迎えた。

乙姫は市目笠《いちめがさ》に枲垂絹《むしのたれぎぬ》、打掛小袖《うちかけこそで》の旅姿でお見えになった。

「お疲れでございましょう。まずは湯浴《ゆあ》みの準備がととのっておりまする。どうぞ、ごゆるりとお入浴《はい》りくだされ」

甚太夫が先に立ち、乙姫を案内する。

乙姫は部屋に入るなり、

「いつもお願いしております通り、湯浴み中《ちゅう》には決して部屋の戸をあけたり、様子を窺《うかが》ったりはしないでくださいね」

と何度も念を押す。

「実直《じっちょく》で信頼のおける家臣に命じて、部屋の入口に、誰ひとり近づけぬよう、見張《みは》らせますするゆえ、どうぞお気がかりくださいますな」

甚太夫は乙姫を安堵《あんど》させて部屋をはなれた。


ところが今年に限って異変《いへん》がおきた。

家臣がふたり、乙姫の部屋の前で見張っていると、甚太夫の嫡子《ちゃくし》・甚之丞《じんのじょう》が、

「わしが見張ってやろうぞ。そちたちは退《しりぞ》け!」

とやってきた。

「なりませぬ。お館《やかた》さまから、きびしく命ぜられておりまするゆえ」

家臣は頑《がん》として、甚之丞の指示をはねつけた。

すると、甚之丞は、

「家人の分際《ぶんざい》で、生意気ぞッ」

眉を吊りあげ怒鳴りつけた。それでもふたりは、

「主命《しゅめい》です。背《そむ》くわけには参りません」

頑強《がんきょう》にその場を動かなかった。甚之丞は顔を真っ赤にして、

「ええーい。なおも、と言うならこうしてくれよう」

もっていた鉄扇《てっせん》で、ふたりを次々に、ビシッ、バシッ、と打ちすえて、

「うせろッ」

と追っ払った。

「た、大変なことになった。すぐにお館さまにおしらせを」

ふたりは血相かえて、甚太夫のもとへと駆け込んだ。

甚太夫は家臣ふたりの顔を一目見て、息をのんだ。

顔は青ざめ、額《ひたい》は腫《は》れあがり血がにじんでいる。

「ま、まさか！　たわけ者《もん》がッ」

甚太夫は叫ぶなり、一目散《いちもくさん》に乙姫の部屋へ飛んでいった。

すると、甚之丞が部屋の前で体をブルブル震わせている。

血気盛んな十六歳、妖艶《ようえん》な女体にひかれて湯浴み姿を覗《のぞ》こうとする野心《やしん》が、むらむらとわき起こったとしても、なんら不思議ではない。

「いかがした？」

「だ、だ、大蛇《だいじゃ》が……」

部屋の大タライでトグロをまいて鱗《うろこ》を洗っていたという。

と、その時である。乙女の部屋の戸がガラリと開いた。

「あれほどまでに、お願いしておりましたものを……」

乙姫はそう言うと、居館の外へスーッと、でていった。

「乙姫さま、お、お待ちを……」

甚之丞が、あとを追った。乙姫はとっぷり暮れた夜陰《やいん》に溶けいるように、スーッと消えた。それっきり甚之丞は戻ってこなかった。

翌朝、夜の明けるのを待ちかねて、甚太夫自《みずか》ら家臣、家人のみなを引き連れ、行方の知れぬ甚之丞を探しにでた。居館の外に出ると、道端《みちばた》の草がなぎ倒され

てその跡が蛇行《だこう》して北に伸びていた。その先は愛知川《えちがわ》である。河畔《かはん》にくると、川の水かさが増し、流れはどんよりと濁っていた。

　みなが、川べりを探していると、

「た、たいへんや」

　大声がした。家人のひとりが淵《ふち》のよどみを指差している。そこに目を向けると、甚之丞が背を上にして水死していた。

「蛇《じゃー》～仙《せん》にやられよったのかッ！」

　甚太夫はガックリと膝《ひざ》をついた。

　蛇仙とは竜《りゅう》の別名である。


　翌年の萱尾大滝神社の大祭以降、「瀬田の乙姫」は甚太夫の居館にまったく現れなくなった。そればかりか、甚太夫の次男も三男も、川で水死した。そして、祭りの前後になると、愛知《えち》川の水量は異常に増え、近郷の村々でも、

「川に子供が近づくと、蛇～仙に引き込まれるぞ」

　と言われるようになった。

　やがて甚太夫家は年を経《へ》るごとに家運が傾き、家財は四散《しさん》し、村に寄進さ

れた念仏寺も、如来堂も、善光寺もことごとく朽《く》ち、天明《てんめい》年中（一七八一～八九）には、子孫さえも絶えてしまった。

ただ、この村名だけが「如来村」として、今に残っている。


それから月日は流れた。

川辺の村では、子供の水難事故が多発するばかりで、一向《いっこう》に収まる気配がない。しかも、大滝神社の大祭前後に実る境内の枇杷《びわ》の実が、一夜でごっそりなくなる異変が起きるようになった。

「これはきっと、乙姫さまが何かを、訴えておられるのや」

「瀬田の乙姫さまを、お慰《なぐさ》めせなあかんぞ」

ということになって、

「ならば、わたしどもが滝に身を投げましょう」

勇気のある若者たちが名乗りでた。こうして大滝神社の大祭には村の若衆たちが、境内そばの滝飛び岩から滝つぼへ飛び込む、「滝飛び」の行事が行われるようになった。ところが不思議なことに、この大祭で丈余《じょうよ》の滝壷《たきつぼ》に飛び込んでも怪我を負ったり命を落とす者は誰一人いないという。やがてこの祭礼は、

「滝飛《たきと》びまつり」と呼ばれるようになり、同時に風流《ふりゅう》おどりや、松《まつ》ばやし[注3]が奉納されるようになった。

時はながれて、昭和四十七年愛知川永源《えいげん》寺ダム[注4]の築堤《ちくてい》により、その全てが湖底に沈んだ。

注1・萱尾の大滝神社

愛知川《えちがわ》の上流、山上村にある。萱尾大滝神社には鮎滝、中の滝、なめり滝、から滝、とぎ落し滝が五段となって落ち、虻《あぶ》ヶ洞、釣鐘岩、象の鼻岩、碁盤石、中岩、滝飛石等、奇岩、怪石が滝を護《まも》るがごとく突出していた。その流れは愛知川となって琵琶湖に至る。

注2・家人

律令制下の賤民《せんみん》で、奴隷《どれい》のように扱われていた人々。

注3・風流おどり、松ばやし

風流おどりは雅《みやび》から転じ、風雅、風流おどりと呼ばれ、華美な仮装で風流傘を囲み、笛、太鼓、銅拍子、ささらなどの伴奏で歌掛け声を伴って踊る。平安末期から、鎌倉時代に京都の庶民の間で流行し、祭礼、物詣、花見、盂蘭盆、雨乞いなどで盛んにおこなわれた。田楽踊ともいわれる。松ばやしは、松奏、松拍子ともいう。正月の松の内に囃されたので松ばやしといわれて、室町時代に流行した祝儀芸能の一つ。

注4・愛知川永源寺ダム

左岸側をコンクリート重力式、右岸側をロックフィルとする地形や地質を生かした日本初の特徴ある複合高堰堤ダム。この築堤で百七十五戸の水没世帯を含め、二百十三世帯が移転。昭和四十七年に完成、昭和五十二年に満水になった。

雷獣退治

八日市《ようかいち》から鈴鹿《すずか》山脈を越えて伊勢《いせ》に至る古道《こどう》が八風街道《はっぷうかいどう》である。その街道を東へ約一里半（約六キロメートル）行くと、今代《いまだい》集落がある。

集落入口の勧請木《かんじょうぼく》の下で雨宿りをしていたひとりの修験者《しゅげんじゃ》が空を見上げると、夕立雲は鈴鹿の山系に招かれたように遠ざかり、真夏の陽光が燦々《さんさん》と降りそそぎはじめた。

修験者は役小角《えんのおづぬ》の一番弟子の太郎坊《たろうぼう》である。

「たいへんな夕立《ゆうだち》やったが、やっと晴れてきたか」

太郎坊が今代集落に近づくと、一軒の農家の草屋根《くずや》からモクモクと煙があがっている。

「あんなにひどい夕立のあとに、火事とは……？」

不審に思いながら集落に踏み込むと、あたりから妖気《ようき》が漂っている。

「ま、またやがなー、小火《ぼや》や！」

あわてふためく村人が、水桶《おけ》をかかえて走り回っている。

「……はて、面妖《めんよう》な」

太郎坊が呟《つぶや》いていると、それに気づいた村長《むらおさ》が近づいてきて、

「いやー、もう、どもなりまへん(どうにもなりません)。災難つづきで困っとりますのや。なにしろこの村だけに絶えず雷《かみなり》が落ち、老樹《ふるき》の幹《みき》ははがされるわ、家屋《いえ》は燃えるわ、あわてて消火《けし》に飛び出した村人のヘソまで狙《ねら》われるありさまで、大いに難渋《なんじゅう》しております」

すがるように訴えてきた。

話を聞いて、太郎坊はしばらく呪文《じゅもん》を唱えて錫杖《しゃくじょう》を打ち鳴らしていたが、ふっと、ある妖獣《ようじゅう》が脳裏を過《よぎ》った。

「うむッ！　これは、雷獣《らいじゅう》の仕業《しわざ》じゃな」

「えッ！　ライジュウ？　いったいほれは……、何《なん》でございます？」

村長は首を傾《かし》げて、太郎坊に聴《き》きかえした。

「雷獣はもともと天界《てんかい》に棲《す》んでおって、雷を呼ぶ獣《けもの》じゃが、それがあの森の大木《たいぼく》に棲みついてしまったようじゃ」

太郎坊は、村はずれの森にそびえる巨樹《きょじゅ》を指差した。

「雷獣は雷を呼び、その雷がとった人のヘソを餌《えさ》にして生息《せいそく》しておるが、このあたりの人のヘソはよっぽど美味《うま》いのであろう、味をしめおったのじゃ。このまま野放《のばな》しにしておけば、この村の難儀《なんぎ》はいつまでたっても拭《ぬぐ》い去《さ》ることはできんぞ」

村長は驚いて、

「ほんならいったい、どないしたら追《お》っ払《ぱら》うことができますのやろうか?」

太郎坊に尋ねた。

「いったん下界《げかい》におりたからには天界へは戻れぬ獣じゃ。ちょっとやそっとでは追っ払うことはできん。捕らえるより他に策《さく》がなかろう」

「ほれは厄介《やっかい》な! で、どのようにして……?」

「うむッ……」

太郎坊はしばらく頭を捻《ひね》っていたが、

「よし、この方法はどうじゃろう。麻縄《あさなわ》で網《あみ》を作り、あの樹に仕掛《しか》けようぞ」

太郎坊の指図《さしず》に村長は、「ほれでは」と、さっそく村人を招集し、大きな網を作らせた。こうして出来あがった網はすぐに、森の巨樹に仕掛けられた。

しばらくすると、村の上空に乱雲がむくむくとふくれあがって、遠雷《えんらい》が響《どどろ》いてきた。いつもなら村人は雷が落ちて火事になった時の消火準備の水桶を軒先に積み、ヘソを狙われないように雨戸を閉め、震えながら布団をかぶって閉《す》っこむところだが、今日はちがう。軒下《のきした》に身を潜ませて、雷獣が現れるのを今か、今かと待っていた。

すると、どこからともなく赤黒い獣が現れ、網の上を飛び越えようとした。

「それっ、今じゃ」

太郎坊が網の口を絞《しぼ》った。すると獣はまんまと、網に閉じ込められた。

「捕《と》らえたぞ!」

太郎坊の声がした。

「雷獣とは、どんな奴《やっ》ちゃ!」

村人がゾクゾクと、網が仕掛けられた森に集まってきた。

捕らえられた雷獣は奇怪《きかい》な唸《うな》り声をあげながら、網の中で暴れまわっていた。全身は赤黒く、頭は犬に似て、黒い嘴《くちばし》をつけた顔、足は鷲《わし》のような鋭い爪を持ち、狐のような尻尾《しっぽ》をふりまわしている。

「えいッ」

太郎坊は鉄杖《てつじょう》で、その雷獣を打ちのめした。

「散々《さんざん》な目にあわせやがって、見せしめや」

村人は雷獣を木に逆さ吊りにした。

それ以降、今代集落に、雷はピタッと落ちなくなった。

やがて村人は、

「雷獣が二度と、ここに棲みつかないように」

と巨樹の下に祠《ほこら》をたて、雷獣の魂を封じこめた。その祠は「封込《ふうじ》神社」と呼ばれるようになった。現在では「富士《ふじ》神社」に名をかえ、火伏せ、災難除け、無病息災の神様として、人々の信仰をあつめている。

神社のそばに尼寺の薬師堂がある。その堂宇《どうう》の天井裏に雷獣のミイラは吊るされていた。ところが、昭和三十六年二月二十七日の今代集落の大火で、堂宇と共に雷獣のミイラも炎に包まれ、天界に昇ってしまった。

逆さ埋め

昭和十六年十二月八日、航空母艦六隻を主体とする日本海軍機動部隊は真珠《しんじゅ》湾《わん》を奇襲し、第二次世界大戦に突入した。

緒戦《しょせん》は連戦連勝の快進撃を続けていたが、十八年、戦域の拡大とミッドウエー海戦の大敗に伴い、軍事物資の補給路を断たれた日本軍は南方諸島で惨敗《ざんぱい》を重ねていく。

昭和十九年、マリアナ諸島に米軍基地が建設されるや、日本本土への焦土化《しょうどか》作戦が本格化した。二十年三月九日から十日の未明にかけての東京江東《こうとう》地区の無差別大空襲では、二時間半あまりの間に八万人にも及ぶ死者を出した。以後、B29のほかP51戦闘機やグラマンF6F艦載機が、大阪・名古屋・神戸・福岡などを相次いで空襲した。またたくまに、大都市は焼け野原になった。

もはや日本の戦況は絶望的だった。ついに大本営は六月八日の御前会議で激烈な消耗戦から一挙に防衛権を後退させ、反撃戦力、特に航空戦力を整備し弾《だん》撥力《ばつりょく》を回復して来攻する敵を撃破するという、本土決戦に備える戦争指導大綱を定めた。

こうした中、滋賀県でも大津や彦根の他、各地で空襲があった。しかし、八日市飛行場から飛び立つ邀撃機《ようげき》は一機もなかった。それは本土決戦完遂《けっせんかんすい》をめざす目的で、各基地に邀撃の禁止令がだされていたからであった。

八日市飛行場では空爆の被害をさけるため、軍機や弾薬・軍用品・諸施設を布引山《ぬのびきやま》丘陵の掩体壕《えんたいごう》や御薗《みその》村、中野《なかの》村など、各地の松林に分散退避させた。西《にし》押立《おしたて》村の国民学校でも第八航空教育隊の兵隊が多数駐屯しており、すぐそばの押立神社の森には軍用車やサーチライトやガソリンが隠された。

だが、昭和二十年七月二十四日、八日市飛行場で退避中の飛行機の数機が、米軍機の来襲により被害をうけた。

「戦わずして、敵機《やつら》に跳梁《ちょうりょう》させてよいものか！」

血気《けっき》盛んな若い兵の怒りが爆発した。

その翌二十五日の早朝、再び、空襲警報が発令された。八日市飛行場では米軍来襲の報《ほう》を受けるや、

「昨日は敵機の思うがままにさせたが、今日は許さん。戦闘教練《きょうれん》じゃ、飛べ」

前日の来襲に憤慨《ふんがい》した小林隊長（八日市航空隊中部第九四部隊、飛行第二四四戦隊小林明彦大尉）が、邀撃禁止の厳命にそむくのを承知で、「戦闘教練」を名目に迎撃を命令した。つぎつぎと飛び立った日本軍機は、高度数千メートルの上空で、上下三層になって米機の来襲を待ちうけた。

ついに、その時がきた。

東押立《ひがしおしたて》村上空で、戦闘機の轟音《ごうおん》と機銃掃射の炸裂音が、里山の蝉《せみ》の鳴き声をうち消した。飛来した米軍十数機（グラマンF六F艦載戦闘機）と、これを邀撃する日本軍機（飛燕《ひえん》三式の水冷エンジンを空冷に改良した五式戦闘機）の壮烈な空中戦が展開された。敵味方二十数機の乱戦は、まるで赤とんぼの群羽の死守であった。

そのとき突然、日本軍機の一機が、蒼天《そうてん》に向かって急上昇するがはやいか、反転して急降下、真下の米軍機に激突した。あっという間のできごとであった。一機は火を吹いて木《こ》の葉《は》おとし（木の葉が舞い落ちる様）に落下、東押立村平《ひら》松《まつ》の人家を炎上させた。他の一機は木《こ》っ端微塵《ぱみじん》にぶっ飛び、紙ふぶきのように真夏の陽に照らされて、きらきらと輝き、もぎとれた主翼の一つは車輪を中心にして、竹トンボのようにクルクル回転しながら落下した。この空中衝突を契機に、今まで空をうめつくしていた双方の戦闘機のすべてが、姿を消した。

再び静寂を取りもどした里山に、蝉の鳴き声がひろがった。

ややすると、真っ白い落下傘《らっかさん》が紺碧《こんぺき》の空にぽっかり開いた。その時、忽然と飛来した戦闘機が落下傘に機銃掃射をあびせて、瞬く間に、はるかむこうの雲間に姿を消した。落下傘は、何事もなかったかのように紺碧の空に浮かんでいた。

「アメ公や！　アメ公が降りてくるぞ」

アメ公とはアメリカ兵のことである。この期《ご》に及《およ》んで助かろうとするは、米兵にちがいない、と村人は竹やりや鍬《くわ》を持って、落下傘を追って走った。

落下傘は東押立村中里《なかざと》に落下した。

「このやろう！」

軍刀を抜いた在郷軍人《ざいごうぐんじん》のひとりが、その兵士を見て、驚いた。

日本兵であった。

兵士は飛行めがねの上から左目を打《ぶ》ち抜かれ、飛び出た目の玉が頬《ほお》にまで垂れさがり搭乗服の日の丸まで血まみれであった。

兵士はまもなく息をひきとった。兵士の遺体は落下傘に包《くる》んで中里村の正善《しょうぜん》寺に安置され、金華良寛《きんかりょうかん》和尚が枕経《まくらきょう》をあげた。

「アメ公どもはまさに、鬼か畜生や。落下中の無抵抗な人間を撃ち殺すとは！」

集まった村人は、悲壮な戦死を遂げた日本兵に手を合わせ、

「ご苦労さま、ご苦労さま」

と涙した。

戦死者は、まもなくかけつけた憲兵隊により、八日市航空隊中部第九四部隊、飛行第二四四戦隊の小原傳《おはらつとう》大尉（戦死後、二階級特進中佐となる。渥美半島美浜町出身・大正九年十一月三日生）とわかった。

ところが、その村人の中に、機銃掃射に疑念を抱く男がいた。

はたして落下傘を撃ったのは、米機やったんかな？――

それを口に出せる時代《とき》ではない。

すぐに男は無理やり、その疑問を打ち消した。

一方の米兵[注1]は、落下機で丸焼けになった人家近くの水田に、頭を下にして突き刺さっていた。掘り起こすと大腿骨が折れ、破れた飛行服から肉が飛びだし

ていた。色が白く小太りであった。

人々は「白豚《しろぶた》や」と揶揄《やゆ》し、

「自《み》分《ず》から地獄落ち、しよったぞ」

と冷笑した。やがて憲兵の検分がすむと、この米兵をどこに埋葬するか、という問題が発生した。

「ドブ川にぶちこんどけ！」

「鍬《くわ》で殴《どつ》きまわして、野壷《どつぼ》になげこんでしまえ！」

村人は口々にはやし立て、米兵の顔を、

「こん、畜生《ちくしょう》！」

と、さけんで足蹴《あしげ》にする者もいた。

そこへ、東押立村の村長《そんちょう》・森野鶴吉《もりのつるきち》が口を開いた。

「ほうはいくまい。わしらの墓の隅でよいから、埋めようやないか」

村長が言う埋葬場所は、米兵落下地のそば、東押立村平松《ひらまつ》と中一色《なかいっしき》集落の共同墓地だ。

「とんでもないぞ、村長！　こんな白豚野郎《やろう》を、わしらの墓に埋めるやと。ほんなことは絶対にゆるせん。たとえ村長の言葉であろうとも、こればかりはお断《ことわ》りや」

村人は騒ぎ出した。

この墓地には英霊《えいれい》（戦死者）の墓もある。特に身内や知人に犠牲者を出した人々の米兵に対する憎しみは計り知れない。その敵兵を村の墓地に埋めるなど、とても納得できるものではなかった。

村人の怒りが分かるだけに、村長は苦渋《くじゅう》した。

村長の近親者も出征《しゅっせい》している。

もし、この米兵と同じような哀れな境遇に遭遇していたなら――

と思うと、村長の心が揺れた。

この米兵にも親がいれば、兄弟もいることやろう。妻や子もいるかも知れん。

敵兵といえども同じ人間、死ねば仏――

こんな言葉で村人を諭《さと》したかったが、戦意高揚《せんいこうよう》を真っ先に掲《かか》げねばならぬ、村の長《おさ》である。敵兵に情けをかけるなど、口が裂けても出せるわけがない。

「ほこら（そのあたり）に捨てたら異臭もするし、不衛生《ふえいせい》や。かと言《ゆ》うて、ほこかしこ無闇矢鱈《むやみやたら》に埋めることもできん。どうやろう。わしらの墓に埋めさいてくれ。ほやけんど、この憎き米兵《やつ》は地獄落《じごくおと》しにする。頭を下に逆さ埋めにするさかい、それで納得してくれ」
村長の説得に、村人たちはしぶしぶ従った。
七月二十七日(金)付け毎日新聞の一面に、次の記事が掲載された。
〈グラマン機十三機編隊全部屠る
わが陸軍新鋭戦闘機の威力
わが陸軍○○新鋭《えい》戦闘《とう》機は廿五日朝、滋《し》賀縣八日市上空で、グラマンF6F十三機の編《へん》隊と遭遇《そうぐう》、これを迎撃して瞬く間にその十機を撃墜、三機を撃破、来襲《しゅう》全機を撃墜《つい》破するという目覚しい戦果をあげた〉
この新聞記事をみた村人の中に、
「体当たりで墜落した一機と、八日市の上羽田村で一機が不時着した、と聞いたが、他の十一機はどこに落ちたのやろか?」
と、疑念を抱《いだ》く者もいた。だが、ほとんどの村人は報道管制のもと、新聞報道をまったく疑わなかった。
終戦は兵員百十七万四千余名、沖縄決戦や広島・長崎に投下された原爆犠牲者を含む一般市民六十七万二千名の犠牲者(日本人の死者)を出して、小原大尉が敵機に体当たりした日からわずか、二十日後におとずれた。

八日市飛行場では、軍の機密資料がことごとく焼き払われた。その炎は天をも焦がす勢いであった。

「神国《しんこく》日本が、おめおめ負けるはずがない！　たとえ、一兵《いっぺい》になろうとも、とことん戦うのだ」

敗戦に悲憤慷慨《ひふんこうがい》した将校の一部は酒をあおった末、徹底抗戦を叫んで軍刀を振りかざして、息巻いた。

「散《ち》るも生《い》くるも、同期の桜と誓い合った我《われ》ら。戦友を逝《い》かせて、おめおめと敵の辱《はずかし》めを受けながら生きることは、とてもできん」

特攻隊員[注2]のひとりは愛機で飛び立ち、琵琶湖の竹生島《ちくぶしま》沖で自爆した。親子五人で先祖の墓前で自決した者までいた。

しかし、大半の兵士は言わず語らずホッとしていた。軍用トラックに食料や軍事物資を山積みにして雲がくれする上官もあらわれ、日本軍は思わぬ早さで崩壊していった。

小原傳大尉の葬儀は国の英雄として盛大に挙行されるはずであった。だが、戦後まもなくのこと、マッカーサー司令部の意向を恐れ、八月十八日、父・馬《うま》次郎《じろう》と、従軍中に負傷して自宅で療養中の実兄・哲夫《てつお》の手で質素な葬儀が行われた。

その夜、兄の哲夫は、

「戦死する五日前の七月二十日の夕方。ひょっこりと家にもどってきた弟の傳《つとう》と、夜を徹して語り合った。そのとき〈死ぬなよ。階級はおまえの方が上やが、軍隊のメシはわしの方が沢山《ぎょうさん》食っとる。死ねば親孝行もできんし、忠義もできん。くれぐれも死ぬではないぞ〉と諭した。その時、傳は、〈うん、うん〉と頷《うなず》いておった。今から思うと、終戦までわずか二十日あまり……。B29のような大型機や艦船に体当たりするならともかく、ほぼ同型の艦載機に、一対一の体当たりなどしたのは何故《なにゆえ》か……。アクシデントか？　いや、いや、そうではない。アクシデントであれば脱出は不可能だ。傳はわずかに積みこんだ弾薬を使いはたした末に、わがもの顔に祖国の空を汚す醜翼《しゅうよく》を許すことができず、思わずぶち当たったにちがいない。だが、傳は、〈くれぐれも死ぬではないぞ〉と言った、わしとの約束を守ってとっさに脱出したのではないか。それにしても、なぜに脱出した傳が死なねばならなかったのか……」

と歯噛《はが》みして、弟の死を悔しがった。


それからまもなくして、東押立村の墓地へ進駐軍《しんちゅうぐん》が米兵の遺体を引き取りにきた。

「逆《さか》さ埋めにして米兵を粗末に扱った。MPに引っ張られ、戦争犯罪人として厳罰に処《しょ》せられるにちがいない」

村人は肝を冷やした。ところが、

「丁重に埋葬をしていただいた」

と、進駐軍より感謝の言葉があった。

村長は、〈地獄落しにする〉と言った言葉とは裏腹に、米兵の遺体を丁寧《ていねい》に埋葬していたのだ。これを知った村人は、戦時中にもかかわらず、人道的に処断した村長の仁徳にますます、敬服した。

その年の秋、東押立村中里の田んぼの畦《あぜ》に、

『小原大尉戦死落下之地　昭和二十年七月二十五日午前六時三十分』

と銘記した碑が、この村に住む『岡村みつ、沢村志つ』姉妹によって建てら

れた。

「わたしたちの田んぼに、大尉が落下されたのも、何かのご縁です」

姉妹は戦後の混乱期にもかかわらず、私財で碑を建て、「もし大尉に遺児がおられるようでしたら、わたしたちが引き取って大切にお育てしたい」と希望した。しかし、大尉は二十四歳の独身であった。


昭和二十年七月二十七日(金)付け毎日新聞の二面には、次の記事が掲載されている。(新聞記事原文のまま)

グラマン迎撃
一機屠つて體當り
粘りの小原大尉機、闘志の偉勳
B29迎激戦の部隊感状《ぜう》に輝《かがや》くこの基《き》地のコ戦闘《とう》隊は廿五日の敵小型機来襲《しう》に戦闘隊長以下全員最新鋭《えい》機をかつて滋《し》賀縣上空に迎撃、グラマンF6F十三機撃墜《つい》破の戦果を打ちたてた、この戦果中には小原傳大尉《い》(愛知縣半田市)の壮烈《そうれつ》極まる一機撃墜《つい》、一機体當り撃墜《つい》の攻撃戦果もふくまれているが、同大尉《い》はこの部隊が出した体當り神鷲《わし》の第十九人目で、この数をみても同戦闘《とう》隊の戦意がいかに熾烈《れつ》であり、その肉薄《にくはく》攻撃がいかに猛烈《もうれつ》なものかを知らなければならない、次に同大尉《い》の体當りを目撃した同戦闘《とう》隊藤沢大尉《い》、斉《さい》藤少尉《い》が語るその日の小原大尉《い》の奮戦《ふんせん》は―敵近接の報に全機砂塵を蹴って飛び立つたわれわれは編隊長の小原機と基地付近を警戒してゐた、雲上に出て高度〇千、眼上を見れば真夏の太陽に翼をきらきら光らせてグラ公がゐる、ゐる……廿数機だつたが……雲の真上をすれすれにとんでゐる、わが軍に攻撃をかけられたら雲の中に遁走しようといふ卑怯な戦法だ、何くそ逃がしてなるものか小原機は必死の急降下攻撃だ小原機は敵の編隊長機に猛烈に肉薄するやダダダ……と一連射すると敵の編隊長機が黒煙を吐いて雲の中へ……鮮やかな撃墜だ続く自分らも肉薄攻撃をかけたが、この時小原機が次の攻撃のために急上昇してゐた、続いて雲上雲下の紛戦に入って小原機を見失ったが自分が先頭に反轉した時、眼下にちらつと見えたのは小原機がグラマンにのしかかるように突撃、あつといふ間の体當りだった、時に午前六時三十五分、二機が折重なり火の玉になつて落ちて行つた、実に壮烈だつた

ここまで語つて―小原大尉《い》と航士《し》同期《き》生で、この基《き》地で同じ部屋で寝起をともにしてゐた藤沢大尉《い》は武勲《くん》に輝《かがや》く同大尉《い》の人となりを〝実に惜しみてもあまり

ある人物だつた〃と次のやうに語り続けた　このまゝ小型機を迎撃したとき小原機は愛機が不調で思うやうに活躍出来なかつたので残念だ残念だ、きつとこの仇は討つぞと口癖のようにいつてゐたが文字通り敵の心胆を寒からしめる仇討だつた、彼はＢ29や艦上機を十二機撃墜破してをり、特にＢ29撃墜にはすばらしい腕をもつてゐた、大尉は真面目でねばり強かつた、ねばりの点ではこんな逸話がある、南方戦場で敵の一機を迎撃したとき大尉は全弾をうち盡したがふと見るとヴォートシコルスキーＦ４Ｆが一機ゐる、小原機はこの敵を超低空で追掛け追掛けすること約廿分、遂に海中に叩き落したのであつた

（〇〇基地にて山上記者配）

米兵が埋められた中一色集落の墓地に筆者の先祖が埋葬されている。この物語だけが唯一、筆者の実体験である。

注１・米兵（その空中戦で撃墜された米兵たち）

七月二十五日、八日市飛行場に飛来したグラマンＦ６Ｆは空母ベリアウッドを飛び立った第三十戦闘機隊二十四機であった。アメリカ側の実際の損失は二機で、

一機は小原大尉と衝突して戦死したＥｄｗｉｎ　Ｒｏｓｓ　Ｗｈｉｔｅ（エドウィン・ロス・ホワイト）少尉と、もう一機は上羽田に不時着して捕虜になったＨｅｒｂｅｒｔ　Ｌ，Ｌｏｗ（ハーバード・ロウ）少尉である。なお、ハーバード少尉は戦後、無事アメリカに帰国している。

注２・特攻隊員（敗戦により自爆した特攻隊員と一家全員が自決した兵士）

特攻隊員として出撃待機中の河西大尉は敗戦の報を聞くや愛機に乗って竹生島の琵琶湖に突入。八月十七日の早朝、浜松航測連隊から着任したばかりの内倉光秀中尉が日野町木津の墓地で一家五人で自決した。

「今日のハナシはこんで、おしまい。

あれ？　聞《き》いとったと思《おも》たら、居眠りしとる。

カゼひっきょたらあかん」

お婆は、イチローの背に、そっとネンネコを掛けた。

外は、いまだ雪。

（完）

【ご協力】
八日市図書館
湖東図書館
蒲生図書館
愛東図書館
永源寺図書館
五個荘図書館
能登川図書館
先輩諸氏他

あとがき

東近江の風景は昭和四十～五十年代にかけて急速に変わってしまいました。魚を捕り、水浴びした小川やため池も、野ウサギを追っかけ、セミやカブトムシを捕った里山も、現代では滑稽とも思える人魚や河童・鬼や天狗や竜神などそんな不思議なものたちが闊歩していた場所もありましたが、それらもほとんど壊されて、区画された大きな田畑と、縦横に走るアスファルトの大道にかわってしまいました。それと同時に、ときあるごとに祖父母が子や孫にかたり聞かせてきた囲炉裏ばなしも核家族化により伝承される機会も徐々に薄れて今まさに風前の灯火です。そこでいま残さなくては永遠に消え去ってしまうとの思いで地元に残る小さな民話や、伝承話を集めて十数年、今回第四編（三十話掲載）を発行させていただきました。今後　第五編（三十話掲載）、第六編（三十話掲載）の発行を予定しております。今回も数えきれないほどの先輩諸氏にご教授ねがいました。厚くお礼を申し上げます。

平成二十四年三月

東近江市内に伝わる民話や伝承ばなしを後世に伝えたいという思いで短編小説シリーズ「お婆の囲炉裏ばなし」として、第一編『だいじょもん椿』、第二編『天狗つるべ』を出版し、第三編『雷獣のミイラ』を平成二十三年四月に出版しまして、図書館や各学校等に寄贈をさせていただきました。ところが、その第三編『雷獣のミイラ』中の一話「磔の刑」の中に差別につながる表現があるというご指摘をいただきました。それにより東近江市人権課との話し合いの中で地元の人が大変に心を痛めておられるという話をお聞きし、早速、書店の棚から、この本を回収させていただきました。

そして、ご指摘の「磔の刑」を削除して、あらたに表紙や構成も変え、『お千代みち』として発行しなおしました。

今後は東近江市人権課をはじめ関係部署と相談をさせていただきながら執筆活動を続けていこうと思っております。

平居一郎

お千代みち
お婆《ばあ》の囲炉裏《いろり》ばなし　第四編　全30話

平成24年4月20日発行

著　者／平居一郎　　挿　絵／中村帆蓬《はんほう》

発　行／株式会社アトリエ・イオス
京都市山科区北花山横田町19番地20
TEL075-591-1601　〒607-8475
URL　http://www.at-eos.co.jp/
E-mail　eos@khaki.plala.or.jp

発　売／サンライズ出版
滋賀県彦根市鳥居本町655-1
TEL0749-22-0627　〒522-0004

印　刷／サンライズ出版

ISBN978-4-88325-477-4

お婆の囲炉裏ばなし　既 刊 本

第一編　全30話

だいじょもん椿

平居一郎 著

定価 1400円+税

A5判　240ページ

　いま書き残さねば、永遠に消え去るであろう伝承話。著者が祖父母に聞いた話や、土地の古老から改めて聞く話を、滋賀県東近江市を中心にまとめた30話。

第二編　全30話

天狗つるべ

平居一郎 著

定価 1400円+税

A5判　247ページ

『だいじょもん椿』に続く第二編。天狗がおろした釣瓶にすくいとられてしまった新吉。両親はお地蔵さまに懸命にすがると……。表題の「天狗つるべ」をはじめ、土地の古老から聞く伝承話30編を収録。